彩圖

KK音標

一學就會

【熱銷二版】

作者・Ying Ying Lee / Cosmos Workshop

一看就懂!
一聽就會!

æɛeɪ

文字敘述加上口腔模擬發音圖，幫助了解發音原理

01 短母音

æ

發音原理

雙唇向兩側張開呈略扁狀，舌面降到最低，舌尖抵住下齒齦，發出短促的聲音。

發音小訣竅

1. 此音又稱為蝴蝶音，發音類似「ㄟ」，卻無「ㄧ」的尾音，發音也較扁平短促。

2. 許多人會將此音與 [ɛ] 混淆，發音訣竅是要像齜牙裂嘴一樣，讓下巴降低，並把舌頭壓。

清楚呈現正確的音標寫法

æ

標明MP3音軌

提供中文或注音的相似發音，加上發音技巧，讓讀者更能揣摩發音

(4) 1 a

自然發音的常見拼字規則

actor
[ˈæktɚ]
演員 名

angry
[ˈæŋgrɪ]
生氣的 形

apple
[ˈæpl̩]
蘋果 名

ashtray
[ˈæʃˌtre]
菸灰缸 名

生活化的單字，輔以彩圖，並提供字義與詞性

a

自然發音與音標皆有標色對照，讓自然發音與音標發音學習相輔相成

bag
[bæg]
袋子 名

cab
[kæb]
計程車 名

cat
[kæt]
貓 名

hat
[hæt]
帽子 名

Exercise 1

(7) 1. 請聽MP3並勾選出正確的音標

1 ⓐ ◯ [met] ⓑ ◯ [mɛt]　6 ⓐ ◯ [ræp] ⓑ ◯ [rep]

2 ⓐ ◯ [pæt] ⓑ ◯ [pɛt]　7 ⓐ ◯ [hæt] ⓑ ◯ [het]

3 ⓐ ◯ [bɛt] ⓑ ◯ [bæt]　8 ⓐ ◯ [tep] ⓑ ◯ [tæp]

4 ⓐ ◯ [sæt] ⓑ ◯ [sɛt]　9 ⓐ ◯ [med] ⓑ ◯ [mæd]

5 ⓐ ◯ [gɛt] ⓑ ◯ [get]　10 ⓐ ◯ [fed] ⓑ ◯ [fɛd]

(8) 2. 請聽MP3並在空格中填入正確的音標

1 [w___t]　6 [m___θ]

2 [t___b]　7 [___ls]

3 [___d]

4 [ˈs___tl]

5 [kr___p]

3. 請在空格中填入正確的音標

1 pain [p___n]

2 edge [___dʒ]

3 weigh [w___]

4 play [pl___]

5 day [d___]

每個段落皆有習題，評量學習成效

4. 請圈選出與紅字底線部分相同音標的單字

❶ tail

| sad | may |
| head | egg |

❷ abstract

| said | age |
| map | hey |

❸ bay

| path | ten |
| sell | great |

❹ mess

| west | ash |
| bag | veil |

❺ trap

| dead | net |
| flag | break |

❻ mask

| nest | aid |
| at | sail |

❼ vest

| last | jail |
| meant | paid |

❽ jazz

| ray | guest |
| maze | vast |

❾ shade

| pay | well |
| fell | shed |

Exercise

1

Contents

Part I 母音

Part 2 子音

Introduction

簡介

① KK音標小知識

❶ KK音標名稱的由來

KK音標建立於1944年，由美國二位語音學家肯揚（John S. Kenyon）與納特（Thomas A. Knott）所創。因兩位語音學家姓氏的第一個字母皆為K，故將此系統稱為KK音標。

❷ 為什麼要學習KK音標？

KK音標的功能與國語中的注音符號很像，用以標注英語拼字發音，可以輔助字母拼讀法（Phonics，又稱為自然發音法）中約20%的例外情況，方便讀者在查字典時輔助學習正確的發音。因此若兼備KK音標和字母拼讀法，學習英語的效果更佳。

❸ KK音標與DJ音標的不同

相對於DJ音標是為了標注英式英文，KK音標特別用於標注美式英文，因此是目前我國最受歡迎的發音標註系統。

❹ KK音標的特色

KK音標系統一音一符，每種發音皆有單一的代表符碼，清楚標示字彙的讀音。

❺ 標示KK音標的方法

KK音標的標示方式是將符號置於雙斜線（/ /）或中括號中（[ ]）。

② KK音標母音與子音的拼字和發音

KK音標拼讀的規則雖然多，但還是有清晰的脈絡可循。
大抵上有下列原則：

❶ 每個完整的字彙中，一定有一個母音。

❷ 母音大致可以對應到字母的 a、e、i、o、u。

❸ 子音大致可以對應到 a、e、i、o、u 之外的其他21個字母。

❹ 母音依照發音部位和方法，可以分為**長母音**（如 [e]）、**短母音**（如 [æ]）和**雙母音**（如 [aɪ]）。

❺ 子音依照發音部位和方法，可以分為**塞音**（氣流先受阻後衝出，如 [t]）、**摩擦音**（如 [s]）、**塞擦音**（氣流先受阻後出、再經摩擦，如 [tʃ]）、**鼻音**（如 [m]）、**邊音**（如 [l]）、**半母音**（如 [w]）……。

❻ 兩個母音通常組成雙母音 [aɪ]、[aʊ]、[ɔɪ]。

❼ 「一個母音 ＋ 一個子音」的組合，有可能與該母音或子音的發音都不同。例：「-al 發 [ɔl]」、「-er 發 [ɚ]」。

❽ 一字中有兩個以上的母音（雙母音算一個母音）分布在多個音節時，要標注重音節或次重音節。

③ KK音標母音與字母拼讀法的比較

KK音標與字母拼讀法之間的爭論無止無盡。眾說紛紜的結果，常令學習者莫衷一是。以下為KK音標與字母拼讀法的比較表，可以一窺其中之差異：

項　目	字母拼讀法	KK音標
原　理	見字拼音	以符號標注讀音
起　源	透過26個字母，直接發音	肯揚與納特兩人所創立
準確度	80%	100%
適用者	英語為母語者	非英語母語者
規　則	可細分為100多條	母音17個，子音24個
優　點	不必另學習新的符號	準確度高
缺　點	準確度較低	需另行學習

現今學習者多學習兩者，既可以截長補短、相輔相成，亦可以避免字母與音標混淆。本書以KK音標為主幹，輔以字母拼讀法之枝葉，讓學習之路更順暢。

④ 發音器官圖解

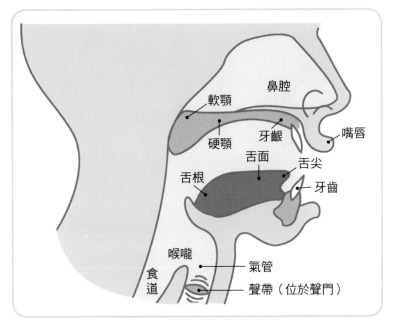

軟顎　鼻腔

硬顎　牙齦　嘴唇

舌面　舌尖

舌根　牙齒

喉嚨　氣管

食道　聲帶（位於聲門）

⑤ 母音　不受唇齒舌阻隔、摩擦的音為母音

I. 單母音

可依照發音部位（舌頭位置、口型大小）和發音特性分類：

❶ 依照發音部位可分為：

　1 前母音、央母音和後母音
　2 高母音、中母音和低母音

❷ 依照發音特性可分為：

　1 長母音
　2 短母音

❸ 單母音的舌頭位置及口型：

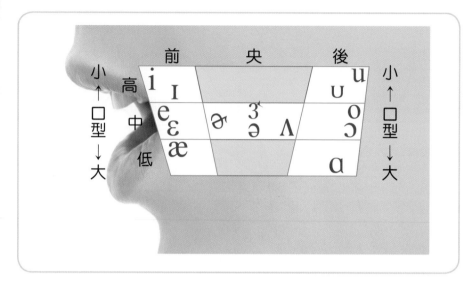

口型 前後 高低	前		央		後	
	長	短	重	輕	長	短
小 ↕ 大　高	[i]	[ɪ]			[u]	[ʊ]
中	[e]	[ɛ]	[ɝ] [ʌ] [ɚ]	[ə]	[o]	[ɔ]
低		[æ]				[ɑ]

II. **雙母音：**
由兩個母音組成，共三組。

❶ aɪ　　❷ aʊ　　❸ ɔɪ

母音（vowel）發音要領表 ①

發音位置		音標	發音要領
1	**高**	I	短音。嘴型與 [i] 相似，但肌肉比較放鬆。舌面位置比 [i] 略低。
		i	長音。字母「E」或中文「一」的發音。嘴型微笑，舌面最接近上牙齦。
		u	長音。嘴型嘟起來成親吻狀，舌面後凸最接近軟顎。
		U	短音。嘴型稍微向外翹起來即可，舌面後凸接近軟顎，比 [u] 略低。
2	**中**	ɛ	短音。嘴角向兩側適度張開，舌面在口腔的前面中低處。
		e	長音。將 [ɛ] 和 [I] 兩個音連著唸，是字母「A」或注音「ㄟ」的發音。舌面比 [ɛ] 略高。
		ʌ	重音。嘴型微開，舌面與 [ɛ] 同高、比 [ɛ] 音後面，位於口腔中央，中文「餓」的音。
		ə	輕音。嘴型微開；舌頭位於口腔正中央，比 [ʌ] 略高。
		ɝ	捲舌重音。注音「ㄦ」的發音，舌頭用力捲起，舌尖捲在正中央，嘴型稍圓。
		ɚ	捲舌輕音。舌頭輕鬆捲起，舌尖約捲在上牙齦與硬顎之間。
		ɔ	短音。注音「ㄛ」的發音，雙唇適度突出成圓形，舌面後部位於中低位置，與 [ʌ] 和 [ɛ] 同高。
		o	長音。將 [ɔ] 和 [U] 兩個音連著唸，也就是字母「O」的發音。舌面比 [ɔ] 略高。
3	**後**	æ	短音。雙唇向左右盡量張開，舌面移到前面、降到最低。
		ɑ	短音。注音「ㄚ」的發音，雙唇輕鬆向上下張至最大，舌面移後、降到最低。
4	**雙母音**	aɪ	將 [ɑ] 和 [I] 兩個音連著唸，也就是字母「I」或注音「ㄞ」的發音。
		aU	將 [ɑ] 和 [U] 兩個音連著唸，也就是注音「ㄠ」的發音。
		ɔɪ	將 [ɔ] 和 [I] 兩個音連著唸。

6 子音 會受唇齒舌阻隔、摩擦的音為子音

子音有各種分類法，可以依照發音狀態、發音部位及有／無聲來區分。以下用表格歸類之：

部位 發音狀	發音	前部 <						— > 後部	
		雙唇	唇齒	舌齒	牙齦	硬顎	軟顎雙唇	軟顎	聲門
塞音	無聲	[p]			[t]			[k]	
	有聲	[b]			[d]			[g]	
摩擦音	無聲		[f]	[θ]	[s]	[ʃ]			[h]
	有聲		[v]	[ð]	[z]	[ʒ]			
塞擦音	無聲					[tʃ]			
	有聲					[dʒ]			
鼻音	有聲	[m]			[n]			[ŋ]	
舌邊音					[l]				
捲舌音					[r]				
半母音						[j]	[w]		

在表中以色底標注的部份，可清楚看出子音中有八組成對音，由前部到後部分別為：

1	2	3	4
[p] [b]	[f] [v]	[θ] [ð]	[t] [d]

5	6	7	8
[s] [z]	[ʃ] [ʒ]	[tʃ] [dʒ]	[k] [g]

此八組成對音的發音部位相同，但是一為無聲、一為有聲。發這些成對音時，要特別注意聲帶是否需要震動。

子音（consonant）發音要領表 ②

發音位置	音標	發音要領
1 雙唇	p	無聲音。注音「ㄆ」的發音，雙唇閉攏，接著雙唇同時張開發出氣音。
	b	有聲音。注音「ㄅ」的發音，發音方式同 [p] 的，但把聲音發出來。
	m	有聲音。注音「ㄇ」的發音，雙唇閉攏發出鼻音。
2 唇齒	f	無聲音。注音「ㄈ」的發音，上方牙齒輕貼下唇發出氣音。
	v	有聲音。同 [f] 的發音方式，但把聲音發出來。
3 齒間	θ	無聲音。嘴微開，舌尖從前端上下牙齒間稍稍伸出，輕觸上齒緣發出氣音。
	ð	有聲音。同 [θ] 的發音方式，但把聲音發出來。
4 上牙齦	t	無聲音。注音「ㄊ」的發音，舌尖抵住上牙齦，接著舌尖彈開發出氣音。
	d	有聲音。注音「ㄉ」的發音，發音方式類似 [t]，但把聲音發出來。
	n	有聲音。注音「ㄋ」的發音，雙唇微開，舌尖抵住上牙齦發出鼻音。
	l	有聲音。注音「ㄌ」的發音，舌尖部分輕觸上牙齦發出聲音。
	r	有聲音。發音類似注音「ㄖ」，雙唇稍微向外突出，舌尖稍捲即可、不碰觸上牙齦。
	s	無聲音。注音「ㄙ」的發音，上下齒靠攏，舌面接近上牙齦，從齒縫發出氣音。
	z	有聲音。發音類似注音「ㄗ」，但把聲音發出來。

5	硬顎	ʃ	無聲音。中文「噓」的發音，雙唇噘起，舌面升高接近硬顎，將氣流逼出發出氣音。
		ʒ	有聲音。類似中文「許」或 [ʃ]，但把聲音發出來。
		tʃ	中文「區」的發音，先將舌尖在上牙齦抵住，接著迅速將舌面移向硬顎發出氣音。
		dʒ	中文「舉」的發音，先將舌尖在上牙齦抵住，接著迅速將舌面移向硬顎發出聲音。
		j	有聲音。嘴形微開，舌面快速上凸貼近硬顎，接著快速放鬆發音。
6	軟顎	k	無聲音。注音「ㄎ」的發音，舌面後凸碰觸軟顎，接著舌面彈開發出氣音。
		g	有聲音。注音「ㄍ」的發音，發音方式類似 [k] 的，但把聲音發出來。
		ŋ	有聲音。注音「ㄥ」的發音，雙唇微開，舌面後凸抵住軟顎發出鼻音。
		w	有聲音。舌面快速後凸接近軟顎、嘴形突出成親吻狀，接著舌面及嘴唇快速放鬆發音。
7	聲門	h	無聲音。注音「ㄏ」的發音，嘴張開由喉嚨呵氣發出氣音。

7 英文字母KK音標發音表

A a	B b	C c	D d
[e]	[bi]	[si]	[di]

E e	F f	G g	H h
[i]	[ɛf]	[dʒi]	[etʃ]

I i	J j	K k	L l
[aɪ]	[dʒe]	[ke]	[ɛl]

M m	N n	O o	P p
[ɛm]	[ɛn]	[o]	[pi]

Q q	R r	S s	T t
[kju]	[ɑr]	[ɛs]	[ti]

U u	V v	W w	X x
[ju]	[vi]	[ˈdʌblju]	[ɛks]

Y y	Z z
[waɪ]	[zi]

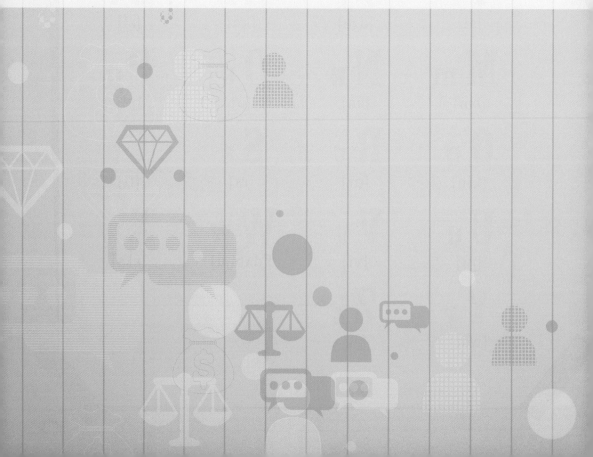

短母音　ʌ ɒ æ ə ʊ ɪ e ɛ

長母音　ɜ ɔ ə i e

雙母音　ɪə ʊə aɪ aʊ ɔɪ

Part I

母音

Vowels

01 短母音

æ

發音原理

雙唇向兩側張開呈略扁狀，舌面降到最低，舌尖抵住下齒齦，發出短促的聲音。

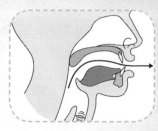

æ

發音小訣竅

❶ 此音又稱為蝴蝶音，發音類似「ㄟ」，卻無「ㄧ」的尾音，發音也較扁平短促。

❷ 許多人會將此音與 [ɛ] 混淆，發音訣竅是要像齜牙裂嘴一樣，讓下巴降低，並把舌頭下壓。

🎧 4 ❶

actor
[ˋæktɚ]
演員 名

angry
[ˋæŋgrɪ]
生氣的 形

apple
[ˋæp!]
蘋果 名

ashtray
[ˋæʃˌtre]
菸灰缸 名

❷

bag
[bæg]
袋子 名

cab
[kæb]
計程車 名

cat
[kæt]
貓 名

hat
[hæt]
帽子 名

mad	**map**	**sad**	**tag**
[mæd]	[mæp]	[sæd]	[tæg]
生氣的 形	地圖 名	傷心的 形	標籤 名

③ ◻ a ◻ ◻

bank	**hand**	**math**	**path**
[bæŋk]	[hænd]	[mæθ]	[pæθ]
銀行 名	手 名	數學 名	小徑 名

④ ◻ ◻ a ◻

class	**exam**	**flag**	**travel**
[klæs]	[ɪgˋzæm]	[flæg]	[ˋtrævl̩]
一節課 名	考試 名	旗子 名	旅行 動

02 短母音

ɛ

發音原理

嘴角向兩側適度張開，有點像是要微笑，舌面在口腔中位於前部中低處，放鬆舌頭與其他口腔部位的肌肉，發出輕而短促的聲音。

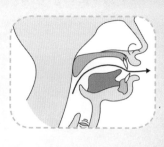

發音小訣竅

❶ 近似中文「ㄝ」，但聲音較短促。

ɛ

5 ❶ e

education
[ˌɛdʒʊˋkeʃən]
教育 名

egg
[ɛg]
蛋 名

elevator
[ˋɛləˌvetɚ]
電梯 名

exit
[ˋɛksɪt]
出口 名

❷  e

bed
[bɛd]
床 名

belt
[bɛlt]
皮帶 名

jet
[dʒɛt]
噴射機 名

neck
[nɛk]
脖子 名

ɛ

net
[nɛt]
網子 名

pet
[pɛt]
寵物 名

red
[rɛd]
紅色的 形

wet
[wɛt]
濕的 形

③ e

check
[tʃɛk]
檢查 動

chess
[tʃɛs]
西洋棋 名

dress
[drɛs]
洋裝 名

shell
[ʃɛl]
貝殼 名

④ ea

bread
[brɛd]
麵包 名

head
[hɛd]
頭部 名

weapon
[ˋwɛpən]
武器 名

weather
[ˋwɛðɚ]
天氣 名

03 長母音
e

發音時,嘴角先向兩側適度張開,舌面位於口腔前部中低發 [ɛ],接著嘴收窄成微笑狀、舌面上升接近上牙齦發短母音 [ɪ]。

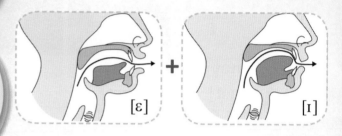

[ɛ] + [ɪ]

發音小訣竅

① 由 [ɛ] 和 [ɪ] 組成,也就是字母「A」的發音。

② 發音近於中文「ㄟ」。

6 1 a e

cake
[kek]
蛋糕 名

frame
[frem]
框 名

gate
[get]
大門 名

lake
[lek]
湖 名

2 ■ai■

mail

[mel]

郵件 名

nail

[nel]

指甲 名

rain

[ren]

雨 名

train

[tren]

火車 名

3 ■ay

highway

[ˋhaɪ͵we]

高速公路 名

play

[ple]

演奏 動

pray

[pre]

祈禱 動

spray

[spre]

噴 動

4 eigh■ ■eigh ■eigh■ ■ei■

eight

[et]

八 名

neigh

[ne]

馬嘶聲 名

weight

[wet]

重量 名

veil

[vel]

面紗；面罩 名

Exercise 1

(7) 1. 請聽MP3並勾選出正確的音標

1 ⓐ ( ) [met]	ⓑ ( ) [mɛt]	**6** ⓐ ( ) [ræp] ⓑ ( ) [rep]
2 ⓐ ( ) [pæt]	ⓑ ( ) [pɛt]	**7** ⓐ ( ) [hæt] ⓑ ( ) [het]
3 ⓐ ( ) [bɛt]	ⓑ ( ) [bæt]	**8** ⓐ ( ) [tep] ⓑ ( ) [tæp]
4 ⓐ ( ) [sæt]	ⓑ ( ) [sɛt]	**9** ⓐ ( ) [med] ⓑ ( ) [mæd]
5 ⓐ ( ) [gɛt]	ⓑ ( ) [get]	**10** ⓐ ( ) [fed] ⓑ ( ) [fɛd]

(8) 2. 請聽MP3並在空格中填入正確的音標

1 [w＿＿t]　　　　　　**6** [m＿＿θ]

2 [t＿＿b]　　　　　　**7** [＿＿ls]

3 [＿＿d]　　　　　　**8** [gr＿＿]

4 [ˋs＿＿tl̩]　　　　　 **9** [g＿＿n]

5 [kr＿＿p]　　　　　 **10** [g＿＿s]

3. 請在空格中填入正確的音標

1 pain	[p＿＿n]	**6** after	[ˋ＿＿ftɚ]
2 edge	[＿＿dʒ]	**7** had	[h＿＿d]
3 weigh	[w＿＿]	**8** red	[r＿＿d]
4 play	[pl＿＿]	**9** hand	[h＿＿nd]
5 day	[d＿＿]	**10** say	[s＿＿]

4. 請圈選出與紅字底線部分相同音標的單字

❶ tail

s**a**d	m**ay**
h**ea**d	**e**gg

❷ abstract

s**ai**d	**a**ge
m**a**p	h**ey**

❸ bay

p**a**th	t**e**n
s**e**ll	gr**ea**t

❹ mess

w**e**st	**a**sh
b**a**g	v**ei**l

❺ trap

d**ea**d	n**e**t
fl**a**g	br**ea**k

❻ mask

n**e**st	**ai**d
at	s**ai**l

❼ vest

l**a**st	j**ai**l
m**ea**nt	p**ai**d

❽ jazz

r**ay**	gu**e**st
m**a**ze	v**a**st

❾ shade

p**ay**	w**e**ll
f**e**ll	sh**e**d

04 短母音
I

發音原理

嘴型與 [i] 相似，但肌肉可稍微放鬆，舌面的位置與 [i] 相同但略低，發出比 [i] 輕又短促的聲音。

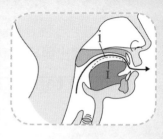

發音小訣竅

① 發音近似中文「以」，但發音要短促有力。

ill	**illusion**	**indoor**	**Italy**
[ɪl]	[ɪˋljuʒən]	[ˋɪn͵dor]	[ˋɪtl̩ɪ]
生病的 形	錯覺 名	室內的 形	義大利 名

big	**dig**	**hit**	**kid**
[bɪg]	[dɪg]	[hɪt]	[kɪd]
大的 形	挖 動	打擊 動	小孩 名

I

pig	**pin**	**sit**	**tip**
[pɪg]	[pɪn]	[sɪt]	[tɪp]
豬 名	大頭針 名	坐 動	小費 名

3 i

disc	**mint**	**ring**	**silk**
[dɪsk]	[mɪnt]	[rɪŋ]	[sɪlk]
光碟 名	薄荷 名	戒指 名	絲織品 名

4 i

drip	**grin**	**ship**	**trip**
[drɪp]	[grɪn]	[ʃɪp]	[trɪp]
滴下 動	露齒而笑 動	船 名	旅行 名

5 ▢ e ▢

jacket
[ˋdʒækɪt]
夾克 名

market
[ˋmɑrkɪt]
市場 名

rocket
[ˋrɑkɪt]
火箭 名

ticket
[ˋtɪkɪt]
票 名

6 ▢ y ▢

gym
[dʒɪm]
健身房 名

myth
[mɪθ]
神話 名

Sydney
[ˋsɪdnɪ]
雪梨 名

symbol
[ˋsɪmb!]
象徵；標誌 名

7 ▢ y

city
[ˋsɪtɪ]
城市 名

copy
[ˋkɑpɪ]
複製 動

lily
[ˋlɪlɪ]
百合花 名

lobby
[ˋlɑbɪ]
（劇場、旅館等）大廳 名

05 長母音

i

發音原理

發音時，嘴型扁平，嘴角向兩側微微張開呈微笑狀，舌面向上牙齦前伸。

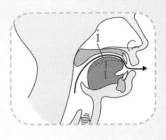

發音小訣竅

❶ 字母「E」的發音，也相當於中文「一」。

economic	**Eden**	**email**	**evening**
[͵ikəˋnɑmɪk]	[ˋidn̩]	[ˋimel]	[ˋivnɪŋ]
經濟的 形	伊甸園 名	電子郵件 名	晚上 名

ceiling	**fever**	**Hebrew**	**media**
[ˋsilɪŋ]	[ˋfivɚ]	[ˋhibru]	[ˋmidɪə]
天花板 名	發燒 動	希伯來人 名	媒體 名複

3 ■e

be	**he**	**she**	**we**
[bi]	[hi]	[ʃi]	[wi]
存在 動	他 代	她 代	我們 代

4 ■ee ■ee■

bee	**beef**	**Halloween**	**jeep**
[bi]	[bif]	[ˌhælo'win]	[dʒip]
蜜蜂 名	牛肉 名	萬聖節 名	吉普車 名

5 ea■

eagle	**ease**	**Easter**	**eat**
['igl̩]	[iz]	['istɚ]	[it]
老鷹 名	悠閒 名	復活節 名	吃 動

6 ea

beach	**leaf**	**meal**	**read**
[bitʃ]	[lif]	[mil]	[rid]
海灘 名	葉子 名	一餐 名	閱讀 動

7 ea

flea	**pea**	**sea**	**tea**
[fli]	[pi]	[si]	[ti]
跳蚤 名	豌豆 名	海 名	茶 名

8 ie   ei

belief	**field**	**piece**	**receipt**
[brˋlif]	[fild]	[pis]	[rrˋsit]
信仰 名	田野 名	一個／片／塊 名	收據 名

Exercise 2

1. 請聽MP3並勾選出正確的音標

1 ⓐ ◯ [ɪt]　ⓑ ◯ [it]　　**6** ⓐ ◯ [pɪk]　ⓑ ◯ [pik]

2 ⓐ ◯ [pɪk]　ⓑ ◯ [pik]　　**7** ⓐ ◯ [bɪd]　ⓑ ◯ [bid]

3 ⓐ ◯ [mɪt]　ⓑ ◯ [mit]　　**8** ⓐ ◯ [dɪd]　ⓑ ◯ [did]

4 ⓐ ◯ [sɪt]　ⓑ ◯ [sit]　　**9** ⓐ ◯ [hwɪt]　ⓑ ◯ [hwit]

5 ⓐ ◯ [ʃɪp]　ⓑ ◯ [ʃip]　　**10** ⓐ ◯ [rɪd]　ⓑ ◯ [rid]

2. 請聽MP3並在空格中填入正確的音標

1 [n＿＿s]　　　　　　**6** [s＿＿k]

2 [ʃ＿＿p]　　　　　　**7** [ˋ＿＿z＿＿]

3 [s＿＿]　　　　　　**8** [sl＿＿p]

4 [＿＿v]　　　　　　**9** [t＿＿p]

5 [＿＿t]　　　　　　**10** [s＿＿k]

3. 請在空格中填入正確的音標

1 this　　[ð＿＿s]　　　　**6** eager　[ˋ＿＿gɚ]

2 think　[θ＿＿ŋk]　　　　**7** heater　[ˋh＿＿tɚ]

3 these　[ð＿＿z]　　　　**8** each　[＿＿tʃ]

4 meet　[m＿＿t]　　　　**9** picnic　[ˋp＿＿kn＿＿k]

5 peace　[p＿＿s]　　　　**10** rabbit　[ˋræb＿＿t]

4. 請圈選出與紅字底線部分相同音標的單字

❶ rec<u>ei</u>ve

m<u>e</u>ter	l<u>i</u>ttle
p<u>i</u>nk	g<u>i</u>ft

❷ p<u>ea</u>k

<u>i</u>ssue	d<u>ea</u>l
st<u>ea</u>k	l<u>i</u>d

❸ f<u>i</u>sh

p<u>ea</u>ce	s<u>ee</u>k
<u>e</u>ve	happ<u>y</u>

❹ beaut<u>y</u>

<u>e</u>leven	<u>e</u>go
b<u>e</u>	b<u>ee</u>

❺ fr<u>ee</u>ze

b<u>ee</u>r	pl<u>ea</u>se
b<u>ea</u>r	br<u>ea</u>k

❻ <u>i</u>mage

b<u>ea</u>con	bagg<u>y</u>
p<u>i</u>zza	<u>ea</u>ger

❼ <u>i</u>nsect

d<u>ee</u>p	d<u>ea</u>r
fl<u>ee</u>	m<u>ea</u>n

❽ b<u>ea</u>n

<u>e</u>qual	brack<u>e</u>t
pock<u>e</u>t	<u>e</u>conomy

❾ sh<u>ee</u>p

<u>ea</u>r	p<u>ea</u>r
th<u>i</u>nk	m<u>ea</u>n

06 短母音 α

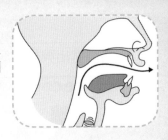

發音原理

發音時，嘴型輕鬆向上下張至最大，舌頭降到最低並移向口腔後部。

發音小訣竅

① 發音近於中文「啊」，像是醫生要小朋友把嘴巴張開的聲音，但不要拉長音。

α

🎧 13 **1** O

olive
['ɑlɪv]
橄欖 名

omelet
['ɑmlɪt]
蛋餅 名

on-line
['ɑnˌlaɪn]
網路上的 形

ox
[ɑks]
牛 名

2 O

clock
[klɑk]
時鐘 名

frog
[frɑg]
青蛙 名

hot
[hɑt]
熱的 形

knot
[nɑt]
繩結 名

mop
[mɑp]
拖把 名

pot
[pɑt]
罐；壺；鍋 名

rob
[rɑb]
搶劫 動

top
[tɑp]
頂端 名

3  **a r**　　**a r**

car
[kɑr]
汽車 名

guitar
[gɪˋtɑr]
吉他 名

chart
[tʃɑrt]
圖表 名

bark
[bɑrk]
狗吠 動

e a r

park
[pɑrk]
公園 名

scarf
[skɑrf]
圍巾 名

tart
[tɑrt]
水果塔 名

heart
[hɑrt]
心 名

07 重母音 Λ

發音原理

嘴型微開，發音短促有力。

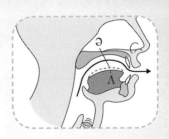

發音小訣竅

① 介於中文「さ」和「ㄚ」之間，但長度較短，用力說「餓」的感覺。

② 只在單音節字彙或多音節字彙的重音節出現。

1  u

up

[ʌp]

向上地 副

under

[ˋʌndɚ]

在……之下 介

upgrade

[ˋʌpgred]

升級 名

utter

[ˋʌtɚ]

發出（聲音）動

2 u

bug

[bʌg]

蟲子 名

gun

[gʌn]

槍 名

mummy

[ˋmʌmɪ]

木乃伊 名

puppy

[ˋpʌpɪ]

小狗 名

Λ

run

[rʌn]

跑 動

sun

[sʌn]

太陽 名

tub

[tʌb]

浴缸 名

truck

[trʌk]

卡車 名

3 **o**

onion

[ˋʌnjən]

洋蔥 名

other

[ˋʌðɚ]

其他的 形

oven

[ˋʌvən]

烤箱 名

4 **ou**

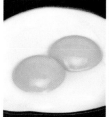

double

[ˋdʌbḷ]

雙倍的 形

enough

[əˋnʌf]

足夠的 形

touch

[tʌtʃ]

觸摸 動

tough

[tʌf]

牢固的、強壯的 形

08 輕母音

發音原理

嘴型微開，舌頭在口腔中位於正中央，比 [ʌ] 略高，發音短而輕。

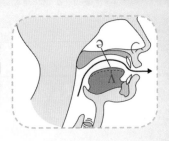

ə

發音小訣竅

❶ 發音近於中文「ㄜ」，但長度較短很輕，沒有捲舌。

❷ 在多音節字彙、片語或句子的非重音節中出現，又稱為「弱音（schwa）」。

  1 **a** **e** **o** **u**

affection	**escape**	**opinion**	**until**
[əˋfɛkʃən]	[əˋskep]	[əˋpɪnjən]	[ənˋtɪl]
情感；愛慕之情 名	脫逃 動	意見 名	直到 介

 2 **a**

alphabet	**ballad**	**breakfast**	**massage**
[ˋælfəˏbɛt]	[ˋbæləd]	[ˋbrɛkfəst]	[məˋsɑʒ]
字母 名	情歌；歌謠 名	早餐 名	按摩 名

e

kitchen

['kɪtʃən]

廚房 名

open

['opən]

打開的 形

telephone

['tɛlə,fon]

電話 名

elephant

['ɛləfənt]

大象 名

 i o u

family

['fæməlɪ]

家人 名

horizon

[hə'raɪzn̩]

地平線 名

television

['tɛlə,vɪʒən]

電視 名

lotus

['lotəs]

蓮花 名

3   a

banana

[bə'nænə]

香蕉 名

diploma

[dɪ'plomə]

畢業文憑 名

panda

['pændə]

貓熊 名

sofa

['sofə]

沙發 名

16 1. 請聽MP3並勾選出正確的音標

1 ⓐ ○ [kɑp]　ⓑ ○ [kʌp]　　**6** ⓐ ○ [rɑb]　ⓑ ○ [rʌb]

2 ⓐ ○ [hɑt]　ⓑ ○ [hʌt]　　**7** ⓐ ○ [nɑt]　ⓑ ○ [nʌt]

3 ⓐ ○ [tɑp]　ⓑ ○ [tʌp]　　**8** ⓐ ○ [pɑk]　ⓑ ○ [pʌk]

4 ⓐ ○ [hɑb]　ⓑ ○ [hʌb]　　**9** ⓐ ○ [lɑk]　ⓑ ○ [lʌk]

5 ⓐ ○ [sɑb]　ⓑ ○ [sʌb]　　**10** ⓐ ○ [gɑt]　ⓑ ○ [gʌt]

17 2. 請聽MP3並在空格中填入正確的音標

1 [ð____]　　　　　　　**6** [m____m]

2 [k____p]　　　　　　　**7** [ˋf____nɪ]

3 [____ˋgo]　　　　　　　**8** [____ˋlon]

4 [ˋtaʊ____l]　　　　　　**9** [____ˋp____rtm____nt]

5 [ˋiv____n]　　　　　　　**10** [ˋhɛv____n]

3. 請在空格中填入正確的音標

1 up　　　　[____p]　　　　**6** drum　　[dr____m]

2 delicious　[dɪˋlɪʃ____s]　　**7** father　[ˋf____ðɚ]

3 element　[ˋɛl____m____nt]　**8** mother　[ˋm____ðɚ]

4 million　[ˋmɪlj____n]　　　**9** melody　[ˋmɛl____dɪ]

5 Buddha　[ˋbʊd____]　　　　**10** allow　　[____ˋlaʊ]

4. 請圈選出與紅字底線部分相同音標的單字

❶ c<u>o</u>llar

| <u>o</u>bey | l<u>u</u>st |
| rough | harp |

❷ alph<u>a</u>

| b<u>a</u>r | <u>a</u>ccent |
| jew<u>e</u>lry | c<u>a</u>rd |

❸ g<u>o</u>d

| at<u>o</u>m | m<u>a</u>rk |
| cust<u>o</u>m | s<u>o</u>n |

❹ foc<u>u</u>s

| <u>u</u>gly | n<u>u</u>t |
| circ<u>u</u>s | b<u>u</u>tter |

❺ st<u>o</u>p

| b<u>u</u>t | <u>u</u>nder |
| plasm<u>a</u> | sc<u>a</u>r |

❻ pizz<u>a</u>

| m<u>u</u>st | p<u>o</u>p |
| surg<u>e</u>ry | b<u>u</u>s |

❼ br<u>o</u>ther

| sch<u>o</u>lar | <u>u</u>nder |
| medi<u>u</u>m | dr<u>o</u>p |

❽ s<u>u</u>pper

| st<u>a</u>r | <u>a</u>bove |
| s<u>u</u>per | en<u>o</u>ugh |

❾ Ar<u>a</u>b

| j<u>a</u>r | p<u>u</u>b |
| b<u>u</u>tter | up<u>o</u>n |

09 短母音 ɔ

發音原理

發音時，嘴適度突出張開成圓形，不動。舌面後部位於中低位置，比 [ɑ] 略高，發音短促。

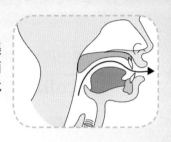

發音小訣竅

① 近於中文「喔」的音，但長度較短，且不可將嘴唇閉合發出「嗚」的音。

ɔ

18 1 o

off
[ɔf]
離開；關掉 副

office
[ˋɔfɪs]
辦公室 名

orange
[ˋɔrɪndʒ]
柳橙 名

2 o

coffee
[ˋkɔfɪ]
咖啡 名

corn
[kɔrn]
玉米 名

horn
[hɔrn]
（動物的）角 名

torch
[tɔrtʃ]
火把 名

3  a · al · all

walk

[wɔk]

走路 動

bald

[bɔld]

禿頭的 形

salt

[sɔlt]

鹽 名

fall

[fɔl]

秋天 名

mall

[mɔl]

購物中心 名

call

[kɔl]

打電話 動

tall

[tɔl]

高的 形

ball

[bɔl]

球 名

4 aw

claw

[klɔ]

鉗；爪；螯 名

flaw

[flɔ]

裂縫；瑕疵；缺點 名

jaw

[dʒɔ]

下巴 名

law

[lɔ]

法律 名

a w

paw

[pɔ]

腳爪／掌 名

raw

[rɔ]

生的 形

straw

[strɔ]

吸管 名

crawl

[krɔl]

爬 動

5 **a u**

auction

[`ɔkʃən]

拍賣；競標 名

August

[`ɔgəst]

八月 名

Australia

[ɔ`streljə]

澳洲 名

auto

[`ɔto]

汽車 名

6 **a u**

faucet

[`fɔsɪt]

水龍頭 名

sauce

[sɔs]

醬料 名

sausage

[`sɔsɪdʒ]

臘腸 名

Taurus

[`tɔrəs]

金牛座 名

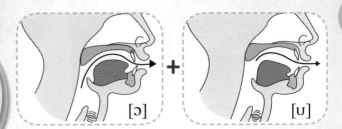

2 ■■oe

floe	**Boeing**	**doe**	**hoe**
[flo]	[ˋboɪŋ]	[do]	[ho]
浮冰 名	波音客機 名	母鹿 名	鋤頭 名

3 ol■ ■ol■

old	**fold**	**gold**	**hold**
[old]	[fold]	[gold]	[hold]
老的 形	摺疊 動	金 名	握著 動

4 ■o■

boring	**donut**	**global**	**lotion**
[ˋborɪŋ]	[ˋdoˌnʌt]	[ˋglobl̩]	[ˋloʃən]
無聊的 形	甜甜圈 名	全球的 形	乳液 名

5 o a

boat	**road**	**soap**	**toast**
[bot]	[rod]	[sop]	[tost]
小船 名	馬路 名	肥皂 名	吐司 名

6 o w

blow	**crow**	**row**	**snow**
[blo]	[kro]	[ro]	[sno]
吹 動	烏鴉 名	划（船）動	雪 名

sorrow	**swallow**	**window**	**yellow**
[ˈsɑro]	[ˈswɑlo]	[ˈwɪndo]	[ˈjɛlo]
悲傷 名	燕子 名	窗戶 名	黃色 名

Exercise 4

20 1. 請聽MP3並勾選出正確的音標

1 ⓐ ◯ [lɔ] ⓑ ◯ [lo]   **6** ⓐ ◯ [sɔ] ⓑ ◯ [so]

2 ⓐ ◯ [krɔ] ⓑ ◯ [kro]   **7** ⓐ ◯ [bɔt] ⓑ ◯ [bot]

3 ⓐ ◯ [rɔ] ⓑ ◯ [ro]   **8** ⓐ ◯ [lɔ] ⓑ ◯ [lo]

4 ⓐ ◯ [pɔ] ⓑ ◯ [po]   **9** ⓐ ◯ [kɔt] ⓑ ◯ [kot]

5 ⓐ ◯ [nɔt] ⓑ ◯ [not]   **10** ⓐ ◯ [bɔld] ⓑ ◯ [bold]

21 2. 請聽MP3並在空格中填入正確的音標

1 [ˈ____ful]   **6** [l____ntʃ]

2 [st____k]   **7** [ˈd____net]

3 [ˈp____lɚ]   **8** [k____z]

4 [ˈɛlb____]   **9** [str____l]

5 [əˈb____rd]   **10** [dr____]

3. 請在空格中填入正確的音標

1 authentic [____ˈθɛntɪk]   **6** fault [f____lt]

2 fellow [ˈfɛl____]   **7** cross [kr____s]

3 Olympic [____ˈlɪmpɪk]   **8** caution [ˈk____ʃən]

4 naughty [ˈn____tɪ]   **9** follow [ˈfɑl____]

5 throne [θr____n]   **10** fraud [fr____d]

4. 請圈選出與紅字底線部分相同音標的單字

❶ caught

t<u>o</u>ll	b<u>o</u>ld
sh<u>ow</u>	<u>au</u>thor

❷ cold

c<u>o</u>rd	narr<u>ow</u>
<u>au</u>dio	t<u>a</u>lk

❸ arr<u>ow</u>

d<u>aw</u>n	<u>o</u>rgan
m<u>o</u>tion	h<u>au</u>l

❹ s<u>o</u>ft

s<u>o</u>fa	s<u>o</u>ld
sl<u>ow</u>	s<u>aw</u>

❺ alcoh<u>o</u>l

p<u>o</u>ll	f<u>o</u>lk
cl<u>aw</u>	m<u>o</u>re

❻ h<u>o</u>le

b<u>o</u>rn	m<u>o</u>tor
h<u>o</u>rse	st<u>o</u>rm

❼ l<u>au</u>ndry

mell<u>ow</u>	enr<u>o</u>ll
borr<u>ow</u>	<u>ou</u>ght

❽ m<u>o</u>rning

f<u>o</u>cus	barr<u>ow</u>
m<u>a</u>ll	l<u>oa</u>d

❾ c<u>oa</u>t

t<u>o</u>ss	<u>o</u>ften
h<u>a</u>lt	fl<u>ow</u>

11 長母音
u

發音原理

發音時，雙唇向外突出成小圓形呈親吻狀，舌面後凸至最高、接近軟顎（[i] 在前部最接近上牙齦，[u] 與 [i] 為反方向）。

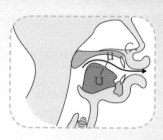

發音小訣竅

① 相當於中文「嗚」，也常與 [j] 結合成 [ju]，即字母「U」的發音。

u

 ① ▢▢ u

[ju]

Cuba
[ˋkjubə]
古巴 名

Cupid
[ˋkjupɪd]
邱比特 名

music
[ˋmjuzɪk]
音樂 名

② ▢ u

[u]　　　　　　　　　　　**[ju]**

flu
[flu]
流感 名

Hindu
[ˋhɪndu]
印度人 名

menu
[ˋmɛnju]
菜單 名

3 ■■ u ■ e

[u]　　　　　　　　　　　　　[ju]

flute

[flut]

長笛 名

rude

[rud]

無禮的 形

cute

[kjut]

可愛的 形

dune

[djun]

沙丘 名

mule

[mjul]

騾子 名

muse

[mjuz]

沉思;冥想 動

mute

[mjut]

沉默的;消音的 形

nude

[njud]

裸的 形

perfume

[ˋpɝfjum]

香水 名

refuse

[rɪˋfjuz]

拒絕 動

tube

[tjub]

管子 名

tune

[tjun]

旋律 名

④  ue

[u]　　　　　　　　　　　　　　　　[ju]

blue

[blu]

藍色的 形

clue

[klu]

線索 名

barbecue

[ˋbɑrbɪkju]

烤肉 名

rescue

[ˋrɛskju]

救援 動

⑤  ui

cruise

[kruz]

航行 動

fruit

[frut]

水果 名

juice

[dʒus]

果汁 名

suit

[sut]

西裝 名

⑥  ew

[u]　　　　　　　[ju]

drew

[dru]

畫圖（過去式）動

dew

[dju]

露水 名

news

[njuz]

新聞 名

view

[vju]

景色 名

7

   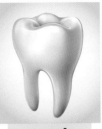

boot	**moon**	**spoon**	**tooth**
[but]	[mun]	[spun]	[tuθ]
靴子 名	月亮 名	湯匙 名	牙齒（單數）名

8

bamboo	**kangaroo**	**shampoo**	**taboo**
[bæmˋbu]	[ˌkæŋgəˋru]	[ʃæmˋpu]	[təˋbu]
竹子 名	袋鼠 名	洗髮精 名	禁忌 名

9

[u]   [ju]

coupon	**group**	**soup**	**youth**
[ˋkupɑn]	[grup]	[sup]	[juθ]
折價券 名	小組；團體 名	湯 名	青少年 名

12 短母音 U

發音原理

發音時，雙唇只需稍微向外突出，舌面後凸接近軟顎（比 [u] 略低），發出比 [u] 輕而短促的聲音。

發音小訣竅

① 嘴巴微微張開，發出介於「ㄨ」和「ㄜ」之間的聲音。

U

23　1　OO

book
[bʊk]
書 名

brook
[brʊk]
小溪 名

cook
[kʊk]
廚師 名

crook
[krʊk]
彎曲的物品 名

foot
[fʊt]
腳（單數）名

good
[gʊd]
好的 形

wood
[wʊd]
木頭 名

hood
[hʊd]
外套的帽子 名

look	**poor**	**rookie**	**wool**
[lʊk]	[pʊr]	[ˋrʊkɪ]	[wʊl]
看 動	貧窮的 形	菜鳥 名	毛織品 名

2 u

butcher	**put**	**full**	**guru**
[ˋbʊtʃɚ]	[pʊt]	[fʊl]	[ˋgʊru]
屠夫 名	放著 動	滿的 形	印度教的導師 名

pull	**push**	**sugar**	**cuckoo**
[pʊl]	[pʊʃ]	[ˋʃʊgɚ]	[ˋkuku]
拉 動	推 動	糖 名	杜鵑鳥 名

24 1. 請聽MP3並勾選出正確的音標

1 ⓐ ◯ [ˈlʊnɚ] ⓑ ◯ [ˈlunɚ] | 6 ⓐ ◯ [mu] ⓑ ◯ [mʊ]

2 ⓐ ◯ [kru] ⓑ ◯ [krʊ] | 7 ⓐ ◯ [huˋre] ⓑ ◯ [hʊˋre]

3 ⓐ ◯ [hʊ] ⓑ ◯ [hu] | 8 ⓐ ◯ [nʊs] ⓑ ◯ [nus]

4 ⓐ ◯ [rʊl] ⓑ ◯ [rul] | 9 ⓐ ◯ [sʊ] ⓑ ◯ [su]

5 ⓐ ◯ [rʊk] ⓑ ◯ [ruk] | 10 ⓐ ◯ [mʊt] ⓑ ◯ [mut]

25 2. 請聽MP3並在空格中填入正確的音標

1 [skr____] | 6 [ˈb____k͵kes]

2 [r____t] | 7 [tr____]

3 [r____f] | 8 [ˈl____nə]

4 [h____d] | 9 [m____s]

5 [k____l] | 10 [tʃ____]

3. 請在空格中填入正確的音標

1 blue [bl____] | 6 virtue [ˈvɝtʃ____]

2 solution [səˋl____ʃən] | 7 bush [b____ʃ]

3 school [sk____l] | 8 noon [n____n]

4 goodie [ˈg____dɪ] | 9 would [w____d]

5 suicide [ˈs____ə͵saɪd] | 10 tool [t____l]

4. 請圈選出與紅字底線部分相同音標的單字

❶ food

wool	took
rook	pool

❷ bull

pollution	crew
sure	fluid

❸ hook

tuna	too
lure	dual

❹ noodle

poor	hoodie
shook	loose

❺ look

fool	nook
room	goose

❻ wood

tomb	pupil
childhood	mood

❼ moor

Waterloo	put
zoo	soon

❽ motherhood

balloon	cooker
review	lawsuit

❾ footprint

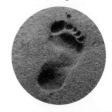

cucumber	boom
stool	goods

13 捲舌重母音

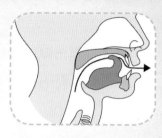

3

發音原理

發音時，舌頭需稍微用力捲起，舌尖捲在正中央，嘴型稍圓，由捲曲的舌面發出聲音。

_ _ _ _ 3 ˋ

發音小訣竅

① 發音相當於中文「ㄦ」，有捲舌。通常於單音節字彙或多音節字彙的重音節出現。

26 ❶ er

dessert

[dɪˋzɝt]

甜點 名

insert

[ɪnˋsɝt]

插入 動

perm

[pɝm]

燙髮 動

serve

[sɝv]

上菜 動

❷ ir

bird

[bɝd]

鳥 名

birthday

[ˋbɝθ͵de]

生日 名

flirt

[flɝt]

調情 動

girl

[gɝl]

女孩 名

13

ɝ

shirt

[ʃɝt]

襯衫 名

skirt

[skɝt]

短裙 名

swirl

[swɝl]

漩渦 名

thirteen

[ˋθɝtin]

十三 名

3 ■ir

fir

[fɝ]

冷杉 名

sir

[sɝ]

先生；老師 名

stir

[stɝ]

攪拌 動

4 ■ur

burger

[ˋbɝgɚ]

漢堡 名

nurse

[nɝs]

護士 名

purse

[pɝs]

錢包 名

surf

[sɝf]

衝浪 動

⑤ ur

blur

[blɝ]

模糊 名

fur

[fɝ]

毛皮 名

occur

[əˋkɝ]

浮現 動

⑥ or

word

[wɝd]

單字 名

work

[wɝk]

工作 動

worm

[wɝm]

蟲 名

worst

[wɝst]

最壞的 形

⑦ ear

early

[ˋɝlɪ]

早的 形

earn

[ɝn]

賺 動

earth

[ɝθ]

地球 名

14 捲舌輕母音

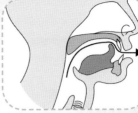

發音原理

發音時，舌頭輕鬆捲起，舌尖約捲在上牙齦與硬顎之間，嘴型稍圓，由捲曲的舌面發音。

發音小訣竅

❶ 發音相當於中文「ㄦ」，捲舌，但長度比 [ɝ] 略短，通常只在非重音節出現，與 [ɝ] 形成對比。

---

27 ❶   ar

calendar
[ˋkæləndɚ]
月曆 名

dollar
[ˋdɑlɚ]
元 名

sugar
[ˋʃugɚ]
糖 名

vinegar
[ˋvɪnɪgɚ]
醋 名

❷   er

father
[ˋfɑðɚ]
父親 名

finger
[ˋfɪŋgɚ]
手指 名

number
[ˋnʌmbɚ]
數字 名

singer
[ˋsɪŋɚ]
歌手 名

summer

[ˋsʌmɚ]

夏天 名

danger

[ˋdendʒɚ]

危險 名

tower

[ˋtauɚ]

塔 名

waiter

[ˋwetɚ]

服務生 名

3 er

concert

[ˋkɑnsɚt]

音樂會 名

desert

[ˋdɛzɚt]

沙漠 名

expert

[ˋɛkspɚt]

專家 名

shepherd

[ˋʃɛpɚd]

牧羊人 名

4 or

color

[ˋkʌlɚ]

顏色 名

director

[dəˋrɛktɚ]

導演 名

doctor

[ˋdɑktɚ]

醫生 名

harbor

[ˋharbɚ]

港灣 名

operator

[`ɑpə͵retɚ]

接線生 名

sailor

[`selɚ]

水手 名

actor

[`æktɚ]

演員 名

victor

[`vɪktɚ]

勝利者 名

5 **u r e**

departure

[dɪ`pɑrtʃɚ]

離開；出發 名

future

[`fjutʃɚ]

未來 名

gesture

[`dʒɛstʃɚ]

手勢 名

nature

[`netʃɚ]

大自然 名

u r

picture

[`pɪktʃɚ]

圖片 名

pleasure

[`plɛʒɚ]

愉快 名

structure

[`strʌktʃɚ]

結構 名

yogurt

[`jogɚt]

優格 名

Exercise 6

28 1. 請聽MP3並勾選出正確的音標

1 ⓐ ◯ [pɚ]　ⓑ ◯ [pɝ]　　**6** ⓐ ◯ [ˋsɛlə]　ⓑ ◯ [ˋsɛlɝ]

2 ⓐ ◯ [ˋpepɝ]　ⓑ ◯ [ˋpepɚ]　　**7** ⓐ ◯ [tɝm]　ⓑ ◯ [təm]

3 ⓐ ◯ [ˋɛvə]　ⓑ ◯ [ˋɛvɝ]　　**8** ⓐ ◯ [ˋtəkɪ]　ⓑ ◯ [ˋtɝkɪ]

4 ⓐ ◯ [ˋɔθɝ]　ⓑ ◯ [ˋɔθɚ]　　**9** ⓐ ◯ [ˋmitɝ]　ⓑ ◯ [ˋmitɚ]

5 ⓐ ◯ [wɝ]　ⓑ ◯ [wɚ]　　**10** ⓐ ◯ [bɝˋlɪn]　ⓑ ◯ [bəˋlɪn]

29 2. 請聽MP3並在空格中填入正確的音標

1 [rɪˋv____s]　　**6** [ˋlɛktʃ____]

2 [ˋkritʃ____]　　**7** [ˋg____dḷ]

3 [ˋneb____]　　**8** [kənˋk____]

4 [θ____d]　　**9** [ˋkɑŋk____]

5 [dʒ____m]　　**10** [ˋækjuˌpʌŋktʃ____]

3. 請在空格中填入正確的音標

1 verb　[v____b]　　**6** humor　[ˋhjum____]

2 polar　[ˋpol____]　　**7** particular [p____ˋtɪkjəl____]

3 coward　[ˋkau____d]　　**8** dissert　[dɪˋs____t]

4 mother　[ˋmʌð____]　　**9** bitter　[ˋbɪt____]

5 alert　[əˋl____t]　　**10** convert　[kənˋv____t]

4. 請圈選出與紅字底線部分相同音標的單字

1 scoot<u>er</u>

further	service
ref<u>er</u>	aft<u>er</u>

2 ch<u>ur</u>ch

tort<u>ur</u>e	illustrat<u>or</u>
w<u>or</u>se	chamb<u>er</u>

3 socc<u>er</u>

j<u>er</u>k	al<u>er</u>t
ginger	b<u>ur</u>den

4 cult<u>ure</u>

murmur	t<u>ur</u>n
h<u>ur</u>t	c<u>ur</u>se

5 p<u>earl</u>

manner	motor
lazar	d<u>ir</u>t

6 t<u>ur</u>tle

feat<u>ure</u>	rum<u>or</u>
creat<u>or</u>	m<u>ur</u>der

7 cucumb<u>er</u>

inf<u>er</u>	answ<u>er</u>
div<u>er</u>se	conc<u>er</u>n

8 anch<u>or</u>

begg<u>ar</u>	b<u>ir</u>d
h<u>ear</u>d	n<u>er</u>d

9 cook<u>er</u>

d<u>ir</u>t	n<u>er</u>ve
b<u>ur</u>n	hon<u>or</u>

15 雙母音 aɪ

------ aɪ

發音原理

字母「I」的發音。發音時，先舌面降到最低移向後部，嘴上下張大發出 [ɑ] 的聲音，接著舌面升近上牙齦、嘴型收窄為微笑狀發出 [ɪ] 的聲音。

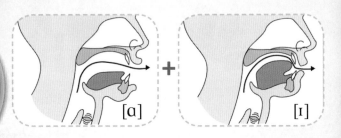

[ɑ] + [ɪ]

發音小訣竅

❶ 發音相當於中文「ㄞ」，下次嘆氣「唉」的時候請想起這個音標。

30 ❶  i e    i e

ice
[aɪs]
冰 名

isle
[aɪl]
（小）島 名

mile
[maɪl]
英哩 名

file
[faɪl]
資料 名

bike	**bride**	**kite**	**shine**
[baɪk]	[braɪd]	[kaɪt]	[ʃaɪn]
腳踏車 名	新娘 名	風箏 名	照耀 動

2

lion	**tiger**	**tiny**	**pilot**
[ˈlaɪən]	[ˈtaɪgɚ]	[ˈtaɪnɪ]	[ˈpaɪlət]
獅子 名	老虎 名	小的 形	飛行員 名

3 i g h

bright	**delight**	**fight**	**might**
[braɪt]	[dɪˈlaɪt]	[faɪt]	[maɪt]
明亮的 形	愉快 名	打架 動	力量；威力 名

moonlight

[`mun͵laɪt]

月光 名

right

[raɪt]

對的 形

tight

[taɪt]

緊的 形

sign

[saɪn]

標誌 名

4 ie

die

[daɪ]

死 動

lie

[laɪ]

躺臥 動

pie

[paɪ]

派 名

tie

[taɪ]

領帶 名

5 ild

child

[tʃaɪld]

孩子 名

mild

[maɪld]

溫和的 形

wild

[waɪld]

野生的 形

6 ■ ind

bind

[baɪnd]

捆綁 動

blind

[blaɪnd]

盲；瞎的 形

find

[faɪnd]

尋找 動

kind

[kaɪnd]

仁慈的 形

7 ■ y

cry

[kraɪ]

哭 動

deny

[dɪˋnaɪ]

拒絕 動

fly

[flaɪ]

飛翔 動

fry

[fraɪ]

油炸 動

my

[maɪ]

我的（所有格）代

shy

[ʃaɪ]

害羞的 形

sky

[skaɪ]

天空 名

why

[hwaɪ]

為什麼 副

16 雙母音
au
au

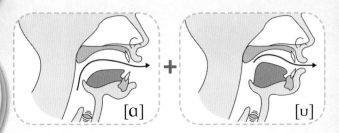

[ɑ] + [ʊ]

發音小訣竅
❶ 發音相當於中文「ㄠ」。

31 ❶ a ʊ

cloud
[klaʊd]
雲 名

couch
[kaʊtʃ]
沙發 名

mouse
[maʊs]
老鼠 名

mouth
[maʊθ]
嘴 名

house	**foul**	**pout**	**out**
[haʊs]	[faʊl]	[paʊt]	[aʊt]
房屋 名	犯規 動	嘟嘴 動	出界 副

2 ⬤ o w

clown	**down**	**flower**	**shower**
[klaʊn]	[daʊn]	[ˈflaʊɚ]	[ˈʃaʊɚ]
小丑 名	低落的 形	花朵 名	淋浴 名

3 ⬤ o w

bow	**cow**	**eyebrow**	**vow**
[baʊ]	[kaʊ]	[ˈaɪˌbraʊ]	[vaʊ]
鞠躬 動	母牛 名	眉毛 名	誓約 名

17 雙母音 ɔɪ

發音原理

由 [ɔ] 和 [I] 組成。發音時，先是舌面位於後部中低，嘴型適度成圓形，發出 [ɔ] 的聲音，接著舌面前升接近上牙齦、嘴型變為微笑狀，發出 [I] 的聲音。

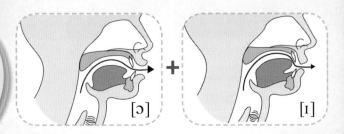

[ɔ]　+　[I]

發音小訣竅

❶ 發音類似中文「ㄛ一」的組合發音。

32 ❶ o i

oil	ointment	foil	coil
[ɔɪl]	[ˋɔɪntmənt]	[fɔɪl]	[kɔɪl]
油 名	軟膏 名	鋁箔紙 名	捲成一綑 動

ɔɪ

boil	**coin**	**poison**	**toilet**
[bɔɪl]	[kɔɪn]	[ˋpɔɪzn̩]	[ˋtɔɪlɪt]
煮沸 動	硬幣 名	毒藥 名	馬桶 名

② oy

boy	**royal**	**enjoy**	**annoy**
[bɔɪ]	[ˋrɔɪəl]	[ɪnˋdʒɔɪ]	[əˋnɔɪ]
男孩 名	高貴的 形	享受 動	惹怒 動

joy	**soy**	**toy**	**employee**
[dʒɔɪ]	[sɔɪ]	[tɔɪ]	[ˏɛmplɔɪˋi]
喜樂 名	黃豆 名	玩具 名	員工 名

Exercise 7

33

1. 請聽MP3並勾選出正確的音標

1 a ( ) [bɔɪ]　b ( ) [baʊ]　　**6** a ( ) [hɪt]　b ( ) [haɪt]

2 a ( ) [taɪm]　b ( ) [tɪm]　　**7** a ( ) [naɪt]　b ( ) [nɪt]

3 a ( ) [raʊ]　b ( ) [rɔɪ]　　**8** a ( ) [plaʊ]　b ( ) [plɔɪ]

4 a ( ) [raɪd]　b ( ) [rɪd]　　**9** a ( ) [hwaɪt]　b ( ) [hwɪt]

5 a ( ) [faʊl]　b ( ) [fɔɪl]　　**10** a ( ) [daʊt]　b ( ) [dɔɪt]

2. 請聽MP3並在空格中填入正確的音標

1 [ə`n____]　　　　　**6** [`r____əl]

2 [br____b]　　　　　**7** [tʃ____]

3 [ɪm`pl____]　　　　**8** [sp____l]

4 [ʃ____t]　　　　　**9** [bɪ`h____nd]

5 [m____t]　　　　　**10** [`v____əl]

3. 請在空格中填入正確的音標

1 icon　　　[`____kɑn]　　　**6** town　　[t____n]

2 sound　　[s____nd]　　　**7** ally　　[ə`l____]

3 outside　[`____t͵s____d]　**8** proud　[pr____d]

4 destroy　[dɪ`str____]　　**9** design　[dɪ`z____n]

5 silence　[`s____ləns]　　**10** island　[`____lənd]

4. 請圈選出與紅字底線部分相同音標的單字

❶ w<u>i</u>ne

h<u>i</u>ll	j<u>ai</u>l
m<u>i</u>crowave	m<u>ea</u>n

❷ b<u>uoy</u>

br<u>ow</u>se	<u>our</u>
expl<u>oi</u>t	t<u>o</u>night

❸ mank<u>i</u>nd

l<u>i</u>d	l<u>ea</u>k
l<u>i</u>ke	l<u>a</u>ke

❹ qu<u>i</u>et

l<u>y</u>ric	s<u>i</u>nce
r<u>i</u>sen	b<u>uy</u>

❺ br<u>ow</u>n

holl<u>ow</u>	bel<u>ow</u>
gr<u>ow</u>	h<u>ow</u>

❻ m<u>oi</u>sture

s<u>ew</u>	h<u>oy</u>
t<u>or</u>t	r<u>o</u>ll

❼ surr<u>ou</u>nd

t<u>ow</u>	l<u>ow</u>
marr<u>ow</u>	n<u>ow</u>

❽ bellb<u>oy</u>

fl<u>ow</u>er	m<u>or</u>al
av<u>oi</u>d	<u>ough</u>t

❾ res<u>i</u>gn

ch<u>i</u>n	h<u>i</u>p
b<u>i</u>ll	s<u>ci</u>ence

無聲子音	p t f k s θ ʃ tʃ h
有聲子音	b d v g z ð ʒ dʒ w j l r
鼻音	m n ŋ

Part II

子音

Consonants

01 無聲子音

p

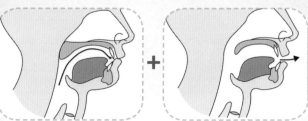

發音原理

雙唇緊閉，接著氣流突破雙唇而出，聲帶不震動，發出爆裂氣流聲。

發音小訣竅

① 相當於中文「ㄆ」的音。

② 若接在「s」後面，「sp」是發出相當於「sb」的音，但音標仍是以 [sp] 標明而非 [sb]，如 spa [sbɑ]。

---

  p

papaya
[pəˋpaɪə]
木瓜 名

penguin
[ˋpɛngwɪn]
企鵝 名

picnic
[ˋpɪknɪk]
野餐 名

popular
[ˋpɑpjələ]
受歡迎的 形

2  **p**

tape	Taipei	lollipop	temple
[tep]	['taɪ'pe]	['lalɪ,pap]	['tɛmpl̩]
膠帶 名	台北 名	棒棒糖 名	廟 名

3 **p**

clap	crop	cup	jump
[klæp]	[krɑp]	[kʌp]	[dʒʌmp]
拍手 動	作物 名	杯子 名	跳躍 動

4 **s p**

space	spaghetti	spice	teaspoon
[spes]	[spə'gɛtɪ]	[spaɪs]	['ti,spun]
太空 名	義大利麵 名	辛香料 名	茶匙 名

02 有聲子音
b

發音原理

發音位置與 [p] 相同、方式類似,都是氣流阻塞於雙唇,突破雙唇發出爆裂聲,但發 [b] 時聲帶需震動。

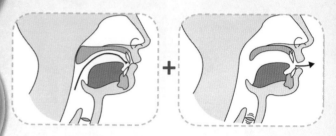

發音小訣竅

❶ 發音近於中文「ㄅ」。

❷ 注意,在音節中「b」接在「m」之後不發音,如 lamb(小羊)的音標是 [læm]。

36 ❶ b

butter
[ˋbʌtɚ]
奶油 名

basket
[ˋbæskɪt]
籃子 名

bean
[bin]
豆子 名

bear
[bɛr]
熊 名

beer

[bɪr]

啤酒 名

bloom

[blum]

（花）盛開 動

bulb

[bʌlb]

電燈泡 名

branch

[bræntʃ]

樹枝 名

2 b

baby

[ˋbebɪ]

嬰兒 名

cowboy

[ˋkaʊbɔɪ]

牛仔 名

library

[ˋlaɪˏbrɛrɪ]

圖書館 名

celebrate

[ˋsɛləˏbret]

慶祝 動

3 b

crab

[kræb]

螃蟹 名

job

[dʒɑb]

工作 名

herb

[hɝb]

藥草 名

club

[klʌb]

俱樂部 名

03 無聲子音

t

---- t

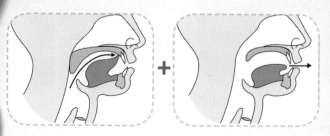

發音原理

舌尖抵住上牙齦，接著舌尖彈開吐氣，聲帶不震動，發出爆裂氣流聲。

發音小訣竅

① 若接在「s」後面，「st」是發出相當於「sd」的音，但音標仍是以 [st] 標明而非 [sd]，如 student [stjudṇt]。

② 發音近於中文「ㄊ」。

talk
[tɔk]
講話 動

tired
[taɪrd]
勞累的 形

taste
[test]
品嚐 動

type
[taɪp]
打字 動

2 t

hotel

[hoˋtɛl]

飯店 名

plate

[plet]

盤子 名

potato

[pəˋteto]

馬鈴薯 名

data

[ˋdetə]

數據 名

3 t

gift

[gɪft]

禮物 名

report

[rɪˋport]

報告 名

ghost

[gost]

鬼 名

tent

[tɛnt]

帳篷 名

4 st

stamp

[stæmp]

郵票 名

strawberry

[ˋstrɔbɛrɪ]

草莓 名

student

[ˋstjudn̩t]

學生 名

stunt

[stʌnt]

特技 名

04 有聲子音
d

【發音原理】

與 [t] 的發音位置相同、方式類似，都是舌尖抵住上牙齦，接著舌尖彈開吐氣，發出爆裂聲，但發音時聲帶需震動。

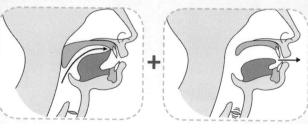

d

【發音小訣竅】

發音近於中文「ㄉ」。

  d

diet

[ˈdaɪət]

飲食 名

dog

[dɔg]

狗 名

doll

[dɑl]

洋娃娃 名

drain

[dren]

排出 動

2  d

candy

[ˋkændɪ]

糖果 名

hundred

[ˋhʌndrəd]

一百 名

powder

[ˋpaʊdɚ]

粉末 名

thunder

[ˋθʌndɚ]

雷 名

3 d

almond

[ˋɑmənd]

杏仁 名

beard

[bɪrd]

鬍子 名

friend

[frɛnd]

朋友 名

nerd

[nɝd]

書呆子 名

leopard

[ˋlɛpɚd]

美洲豹 名

round

[raʊnd]

圓的 形

salad

[ˋsæləd]

沙拉 名

bread

[brɛd]

麵包 名

05 無聲子音

f

上排牙齒齒緣輕貼下唇內側，氣流從下唇和上排牙齒間吹出，不震動聲帶，發出摩擦音。

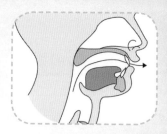

發音小訣竅

發音近於中文「ㄈ」。

f

1 f

female
[ˈfimel]
女性的 形

festival
[ˈfɛstəvl̩]
節慶 名

flood
[flʌd]
淹水 名

fresh
[frɛʃ]
新鮮的 形

2 f

beautiful
[ˈbjutəfəl]
美麗的 形

careful
[ˈkɛrfəl]
小心的 形

muffin
[ˈmʌfɪn]
英式鬆餅 名

coffee
[ˈkɔfɪ]
咖啡 名

3 **f**

wolf

[wʊlf]

狼 名

golf

[gɑlf]

高爾夫 名

beef

[bif]

牛肉 名

half

[hæf]

一半的 形

4 ph

pharmacy

[ˋfɑrməsɪ]

藥房 名

dolphin

[ˋdɑlfɪn]

海豚 名

typhoon

[taɪˋfun]

颱風 名

graph

[græf]

圖表 名

5 gh

cough

[kɔf]

咳嗽 動

laugh

[læf]

大笑 動

rough

[rʌf]

粗糙的 形

06 有聲子音

V

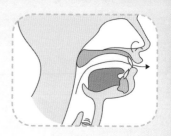
40 1 V

villa
[`vilə]
度假別墅 名

vase
[ves]
花瓶 名

vegetable
[`vɛdʒətəbl̩]
蔬菜 名

vehicle
[`viɪkl̩]
車輛 名

vet
[vɛt]
獸醫 名

victory
[`vɪktərɪ]
勝利 名

violet
[`vaɪəlɪt]
紫羅蘭 名

violin
[ˌvaɪəˈlɪn]
小提琴 名

visa
['vizə]
簽證 名

vitamin
['vaɪtəmɪn]
維他命 名

volcano
[vɑl'keno]
火山 名

volleyball
['vɑlɪ,bɔl]
排球 名

2

avocado
[,ævə'kɑdo]
酪梨 名

dive
[daɪv]
潛水 動

drive
[draɪv]
駕駛 動

evil
['ivl]
邪惡的 形

give
[gɪv]
給 動

move
[muv]
搬家 動

river
['rɪvɚ]
河流 名

wave
[wev]
揮手 動

07 無聲子音

k

k

舌面後凸碰觸軟顎，接著舌面彈開，氣流突破
口腔而出，聲帶不震動，發出爆裂音。

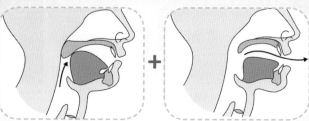

發音小訣竅

❶ 若接在「s」後面，「sk」是發出相當
於「sg」的音，但音標仍是以 [sk]
標明而非 [sg]。

❷ 發音近於中文「丂」。

41 ❶ C ▢ ▢ C Ck

cake	comb	garlic	duck
[kek]	[kom]	[ˋgɑrlɪk]	[dʌk]
蛋糕 名	梳子 名	蒜頭 名	鴨子 名

2 k

key

[ki]

鑰匙 名

ketchup

[ˋkɛtʃəp]

番茄醬 名

basketball

[ˋbæskɪtˏbɔl]

籃球 名

cookie

[ˋkʊkɪ]

餅乾 名

3 ache

backache

[ˋbækˏek]

背痛 名

headache

[ˋhɛdˏek]

頭痛 名

stomachache

[ˋstʌməkˏek]

肚子痛 名

toothache

[ˋtuθˏek]

牙痛 名

4 sc   sk

scanner

[ˋskænɚ]

掃描器 名

scoop

[skup]

勺子 名

ski

[ski]

滑雪 動

sketch

[skɛtʃ]

素描；速寫 名

08 有聲子音

g

與 [k] 的發音位置相同、方式類似,都是舌面後凸碰觸軟顎,接著舌面彈開,氣流突破口腔發出爆裂音,但發 [g] 時聲帶需震動。

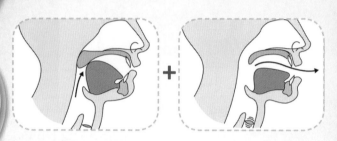

發音小訣竅

發音近於中文「ㄍ」。

---

42 ❶ g

glue	**goat**	**garden**	**grape**
[glu]	[got]	[ˋgɑrdn̩]	[grep]
膠水 名	山羊 名	花園 名	葡萄 名

② **g** **u** （u不發音）

guard	**guess**	**guide**	**guilty**
[gɑrd]	[gɛs]	[gaɪd]	[ˋgɪltɪ]
守衛 名動	猜測 動	引導 動	有罪的 形

③ **g**

argue	**cigar**	**signal**	**yoga**
[ˋɑrgju]	[sɪˋgɑr]	[ˋsɪgn̩]	[ˋjogə]
爭論 動	雪茄 名	訊號 名	瑜伽 名

④ **g**

catalog	**fog**	**hug**	**jog**
[ˋkætəlɔg]	[fɑg]	[hʌg]	[dʒɑg]
目錄 名	霧 名	擁抱 動	慢跑 動

43 1. 請聽MP3並勾選出正確的音標

1 ⓐ ◯ [pip] ⓑ ◯ [bip]	**6** ⓐ ◯ [mæt] ⓑ ◯ [mæd]
2 ⓐ ◯ [tɛd] ⓑ ◯ [dɛd]	**7** ⓐ ◯ [fju] ⓑ ◯ [vju]
3 ⓐ ◯ [waɪf] ⓑ ◯ [waɪv]	**8** ⓐ ◯ [bæk] ⓑ ◯ [bæg]
4 ⓐ ◯ [kedʒ] ⓑ ◯ [gedʒ]	**9** ⓐ ◯ [faɪvz] ⓑ ◯ [vaɪvz]
5 ⓐ ◯ [sæp] ⓑ ◯ [sæb]	**10** ⓐ ◯ [bʌk] ⓑ ◯ [bʌg]

44 2. 請聽MP3並在空格中填入正確的音標

1 [s____rɛ____]

2 [____ɪˋ____ɑr____mən____]

3 [____ɛs____]

4 [ˋs____ju____ɪ____]

5 [____eˋ____eʃən]

6 [ˋ____blænɪ____]

7 [ˋ____æn____əm]

8 [ˋ____æ____ˏʌ____]

9 [ˋ____e____ərɪ]

10 [æ____ˋ____ɪ____ə____ɪ]

3. 請在空格中填入正確的音標

1 lyric   [ˋlɪrɪ____]

2 phrase   [____rez]

3 scream   [s____rim]

4 nugget   [ˋnʌ____ɪt]

5 cliff   [____lɪ____]

6 phonetics [____oˋnɛ____ɪ____s]

7 scoop   [s____u____]

8 kick   [____ɪ____]

9 bought   [____ɔ____]

10 Philippines [ˋ____ɪlə,____inz]

4. 請圈選出與紅字底線部分相同音標的單字

❶ triump̲h̲

ha<u>lf</u>	tri<u>p</u>le
dump	trum<u>p</u>

❷ autogra̲p̲h̲

thou<u>gh</u>	enou<u>gh</u>
thi<u>gh</u>	hi<u>gh</u>

❸ g̲h̲ost

fi<u>gh</u>t	Af<u>gh</u>an
mi<u>gh</u>t	si<u>gh</u>

❹ c̲ard

<u>c</u>ycle	<u>c</u>ider
<u>c</u>ent	<u>c</u>ause

❺ f̲ilm

rou<u>gh</u>	slei<u>gh</u>
bri<u>gh</u>t	hei<u>gh</u>t

❻ s̲k̲ate

<u>c</u>art	<u>c</u>enter
<u>c</u>ell	<u>c</u>eiling

❼ heart̲a̲c̲h̲e̲

moust<u>ache</u>	fa<u>ke</u>
<u>c</u>ivil	per<u>c</u>ent

❽ g̲h̲etto

to<u>g</u>ether	<u>g</u>inger
dan<u>g</u>er	li<u>g</u>htning

❾ c̲age

<u>c</u>ircle	<u>c</u>ertain
<u>c</u>linic	<u>c</u>ease

09 無聲子音

S

發音原理

上下牙齒輕貼，舌面移向上牙齦，將氣流從上下兩排牙齒之間吐出，聲帶不震動，發出摩擦音，近於中文「ㄙ」。

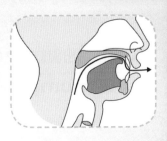

發音小訣竅

相當於中文「ㄙ」的發音。

S

45 **1** S ▢ ▢

seat

[sit]

座位 名

slipper

[ˋslɪpɚ]

拖鞋 名

smell

[smɛl]

聞 動

sneaker

[ˋsnikɚ]

運動鞋 名

2 c e ▢ c i ▢ c y ▢

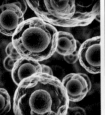

cell

[sɛl]

細胞 名

cinema

[ˋsɪnəmə]

電影院 名

circus

[ˋsɝkəs]

馬戲團 名

cycle

[ˋsaɪkl̩]

循環 名

3 ce

ambulance
[ˋæmbjələns]
救護車 名

dance
[dæns]
跳舞 動

balance
[ˋbæləns]
平衡 名

race
[res]
賽跑 名

4 se

horse
[hɔrs]
馬 名

close
[klos]
接近的 形

universe
[ˋjunə͵vɚs]
宇宙 名

loose
[lus]
鬆的 形

5 ss

gross
[gros]
令人噁心的 形

kiss
[kɪs]
親吻 動

mess
[mɛs]
一團亂 名

stress
[strɛs]
壓力 名

10 有聲子音

Z

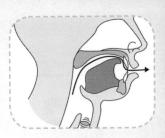

發音原理

發音位置與 [s] 相同、方式類似，都是上下牙齒輕貼，舌面移向上牙齦，從上下兩排牙齒之間發出摩擦音，但發 [z] 時聲帶需震動。

發音小訣竅

相當於中文「ㄗ」的發音。

Z

zebra
[ˋzibrə]
斑馬 名

zero
[ˋzɪro]
零 名

zipper
[ˋzɪpɚ]
拉鍊 名

zoo
[zu]
動物園 名

analyze
[ˋænḷˏaɪz]
分析 動

apologize
[əˋpɑləˏdʒaɪz]
道歉 動

razor
[ˋrezɚ]
剃刀 名

dozen
[ˋdʌzṇ]
一打 名

Z Z

frozen

[ˋfrozn̩]

結冰的 形

maze

[mez]

迷宮 名

puzzle

[ˋpʌzl̩]

拼圖 名

buzzer

[ˋbʌzɚ]

蜂鳴器 名

3 **S**

business

[ˋbɪznɪs]

商業 名

busy

[ˋbɪzɪ]

忙碌的 形

design

[dɪˋzaɪn]

設計 動

drowsy

[ˋdrauzɪ]

昏昏欲睡的 形

easy

[ˋizɪ]

容易的 形

rise

[raɪz]

上升 動

season

[ˋsizn̩]

季節 名

scissors

[ˋsɪzɚz]

剪刀 名

11 無聲子音

θ

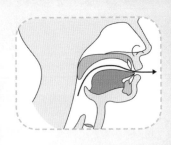

發音原理

雙唇微開，舌尖由上下兩排牙齒之間稍稍伸出，或稍稍輕觸上排或下排牙齒齒緣，聲帶不震動，從上下齒之間發出摩擦音。

發音小訣竅

我們很容易將此音與 [z] 或 [d] 混淆，但只要把舌頭擺對位置，就能輕鬆發出標準的音。

─── θ ───

47 ① t h ▢

thirsty
[ˋθɝstɪ]
口渴的 形

thread
[θrɛd]
線 名

thriller
[ˋθrɪlɚ]
恐怖片 名

throw
[θro]
丟、投擲 動

② ▢ t h

bath
[bæθ]
洗澡 名

booth
[buθ]
電話亭；攤位 名

truth
[truθ]
事實 名

health
[hɛlθ]
健康 名

12 有聲子音 ð

發音原理

發音位置與 [θ] 相同、方式類似，都是舌尖由上下兩排牙齒之間稍稍伸出，或稍稍輕觸上排或下排牙齒齒緣，從上下齒之間發出摩擦音，但發 [ð] 時聲帶需震動。

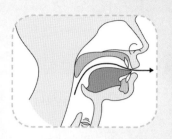

發音小訣竅

我們很容易將此音與 [z] 或 [d] 混淆，但只要把舌頭擺對位置，就能輕鬆發出標準的音。

----- ð -----

48 **1** t h

there	**they**	**this**	**those**
[ðɛr]	[ðe]	[ðɪs]	[ðoz]
那裡 副	他們 代	這個 代	那些 代

2 th

 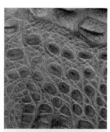  

father	**leather**	**sunbathe**	**clothe**
[ˈfaðɚ]	[ˈlɛðɚ]	[ˈsʌnˌbeð]	[kloð]
父親 名	皮革 名	作日光浴 動	穿衣 動

Exercise 2

49 1. 請聽MP3並勾選出正確的音標

1 ⓐ ◯ [θaɪ] ⓑ ◯ [ðaɪ]   **6** ⓐ ◯ [brɛθ] ⓑ ◯ [brɪð]

2 ⓐ ◯ [fʌs] ⓑ ◯ [fʌz]   **7** ⓐ ◯ [sil] ⓑ ◯ [zil]

3 ⓐ ◯ [tiθ] ⓑ ◯ [tið]   **8** ⓐ ◯ [bæθ] ⓑ ◯ [beð]

4 ⓐ ◯ [sæg] ⓑ ◯ [zæg]   **9** ⓐ ◯ [su] ⓑ ◯ [zu]

5 ⓐ ◯ [son] ⓑ ◯ [zon]   **10** ⓐ ◯ [bʌs] ⓑ ◯ [bʌz]

50 2. 請聽MP3並在空格中填入正確的音標

1 [＿＿ɝd]   **6** [ˌtaɪwəˈni＿＿]

2 [ˈwɛ＿＿ɚ]   **7** [kwɪ＿＿]

3 [ˈ＿＿ɪmpə,＿＿aɪ＿＿]   **8** [əˈdrɛ＿＿]

4 [ˈ＿＿i＿＿ɪ＿＿]   **9** [ˈ＿＿au＿＿n̩d＿＿]

5 [＿＿əmˈ＿＿ɛlv＿＿]   **10** [ɑd＿＿]

3. 請在空格中填入正確的音標

1 ceiling [ˈ＿＿ilɪŋ]   **6** size [＿＿aɪ＿＿]

2 choose [tʃu＿＿]   **7** exercise [ˈɛk＿＿ɚ,＿＿aɪ＿＿]

3 choice [tʃɔɪ＿＿]   **8** forwards [ˈfɔrwəd＿＿]

4 Swiss [＿＿wɪ＿＿]   **9** heath [hi＿＿]

5 thus [＿＿ʌ＿＿]   **10** heather [ˈhɛ＿＿ɚ]

4. 請圈選出與紅字底線部分相同音標的單字

① smooth

threaten	birth
the	worth

② zombie

loose	lose
decrease	course

③ amaze

plus	please
curse	base

④ toothpaste

feather	smother
faith	thus

⑤ thin

them	further
mother	thief

⑥ cereal

expose	case
rose	cousin

⑦ tablecloth

clothe	lather
those	bathroom

⑧ celebrate

erase	disease
easy	ease

⑨ theater

therefore	theme
thou	neither

13 無聲子音

∫

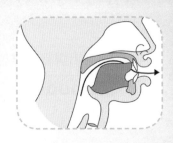

發音原理

雙唇嘟起，舌面升高接近硬顎，氣流摩擦舌面，聲帶不震動。

發音小訣竅

發音類似「噓」，但嘴唇較平，比較像是「噓」「一」兩音合在一起唸，但卻是無聲氣音。

∫

1

shake
[ʃek]
握手 動

shark
[ʃɑrk]
鯊魚 名

shout
[ʃaʊt]
喊叫 動

fashion
[ˈfæʃən]
時尚 名

threshold
[ˈθrɛʃold]
門口 名

wash
[wɑʃ]
洗 動

brush
[brʌʃ]
油漆刷 名

fish
[fɪʃ]
魚 名

2 S S

aggression	**passion**	**pressure**	**mission**
[əˋgrɛʃən]	[ˋpæʃən]	[ˋprɛʃɚ]	[ˋmɪʃən]
侵略 名	熱情 名	壓力 名	任務 名

3 t i

dictionary	**pollution**	**protection**	**direction**
[ˋdɪkʃənˏɛrɪ]	[pəˋluʃən]	[prəˋtɛkʃən]	[dəˋrɛkʃən]
字典 名	汙染 名	保護 名	方向 名

4 c i

ancient	**delicious**	**social**	**precious**
[ˋenʃənt]	[dɪˋlɪʃəs]	[ˋsoʃəl]	[ˋprɛʃəs]
古代的 形	美味的 形	社會的 形	珍貴的 形

14 有聲子音

3

發音原理
發音位置與 [ʃ] 相同、方式類似，都是雙唇嘬起，舌面升高接近硬顎，氣流經過舌面發出摩擦音，但發 [ʒ] 時聲帶需震動。

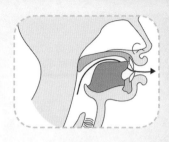

發音小訣竅

發音類似於中文「ㄐ」和「ㄩ」合起來唸的聲音。

---

52 ① ■sion

cohesion	exclusion	invasion	occasion
[ko`hiʒən]	[ɪk`skluʒən]	[ɪn`veʒən]	[ə`keʒən]
凝聚力 名	排除 名	入侵 名	場合 名

② ■sure

closure	leisure	measure	pleasure
[`kloʒɚ]	[`liʒɚ]	[`mɛʒɚ]	[`plɛʒɚ]
結束 名	休閒 名	測量 動	愉快 名

③ **azure**

azure	**seizure**
[ˋæʒɚ]	[ˋsiʒɚ]
天藍色 名	抓住 名

④ **ge**

beige	**massage**	**garage**	**rouge**
[beʒ]	[məˋsɑʒ]	[gəˋrɑʒ]	[ruʒ]
米色 名	按摩 名	車庫 名	腮紅；口紅 名

⑤ **sual**

casual	**unusual**	**visual**
[ˋkæʒuəl]	[ʌnˋjuʒuəl]	[ˋvɪʒuəl]
隨興的 形	不尋常的 形	視覺上的 形

15 無聲子音 tʃ

---

t f

發音原理

由 [t] 和 [ʃ] 組成。發音時，雙唇嘣起，舌尖先在上牙齦彈開發 [t]，接著舌面快速移向硬顎發摩擦音 [ʃ]，聲帶不震動。

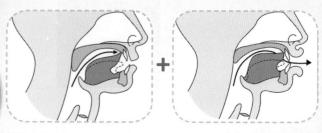

發音小訣竅

發音類似中文「去」字，但嘴型比「去」稍大。

---

53 ❶ ch

chase	cheese	cherry	chair
[tʃes]	[tʃiz]	[ˋtʃɛrɪ]	[ˋtʃɛr]
追逐 動	乳酪 名	櫻桃 名	椅子 名

2 ◼ch

bench

[bɛntʃ]

長椅 名

march

[mɑrtʃ]

行軍 動

peach

[pitʃ]

桃子 名

sandwich

[ˋsændwɪtʃ]

三明治 名

3 ◼tch

stitch

[ˋstɪtʃ]

（醫學）縫針 名

match

[mætʃ]

火柴 名

watch

[wɑtʃ]

手錶 名

witch

[wɪtʃ]

巫婆 名

4 ◼tu◼

adventure

[ədˋvɛntʃə]

冒險 名

congratulate

[kənˋgrætʃəˏlet]

祝賀 動

fracture

[ˋfræktʃə]

骨折 名

nature

[ˋnetʃə]

大自然 名

16 有聲子音 dʒ

dʒ

發音原理

由 [d] 和 [ʒ] 組成。與 [tʃ] 的發音位置相同、方式類似：雙唇噘起，舌尖先在上牙齦彈開發 [d]，接著舌面快速移向硬顎發摩擦音 [ʒ]。

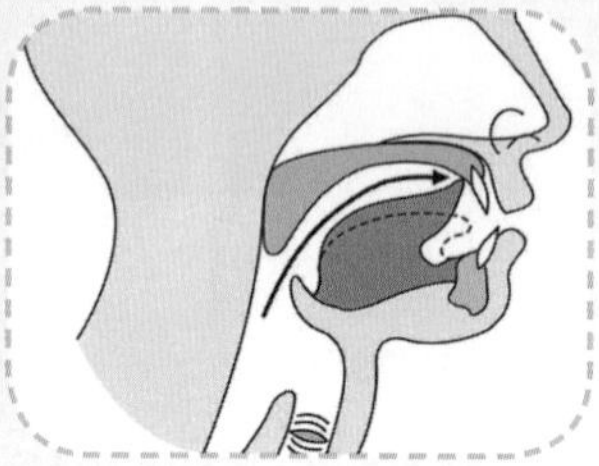

+

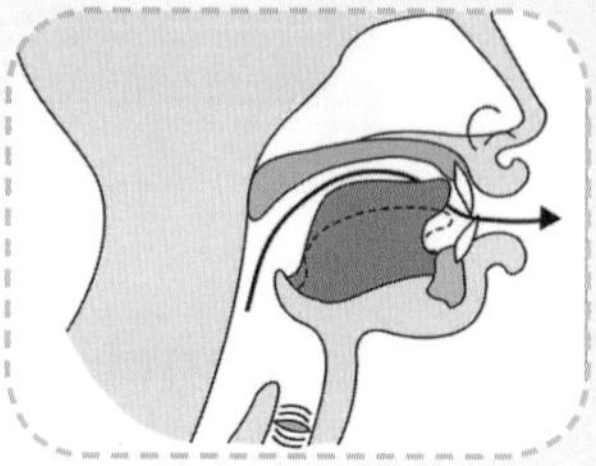

發音小訣竅

發音類似中文「居」字，但嘴型稍大而短促。

54 1

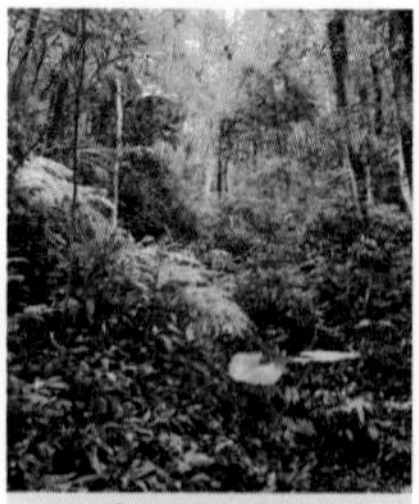

jungle

[ˋdʒʌŋgl̩]

叢林 名

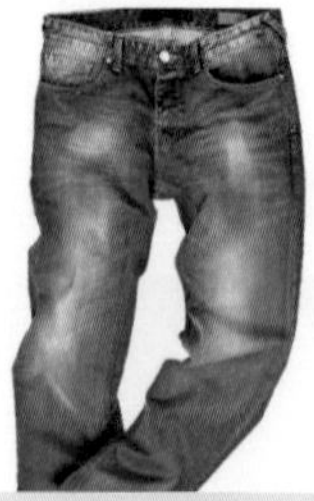

jeans

[dʒinz]

牛仔褲 名

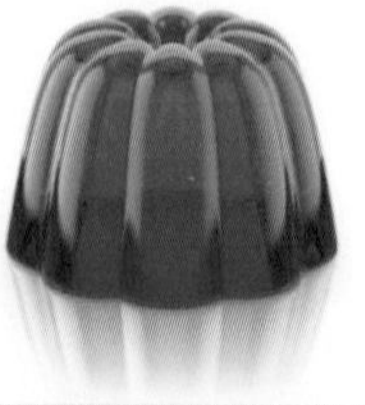

jelly

[ˋdʒɛlɪ]

果凍 名

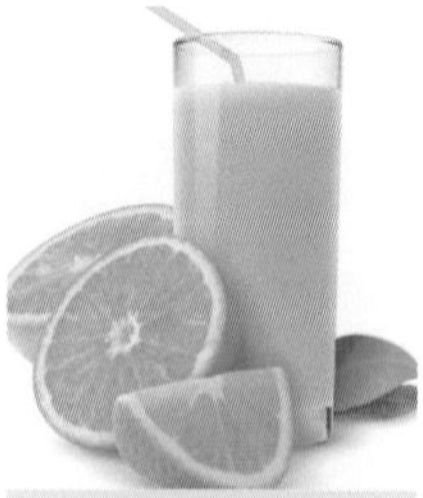

juice

[dʒus]

果汁 名

2 g e   g i   g y

gel	**geography**	**giant**	**gym**
[dʒɛl]	[dʒɪˋɑgrəfɪ]	[ˋdʒaɪənt]	[ˋdʒɪm]
凝膠 名	地理學 名	巨大的 形	健身房 名

3 g

   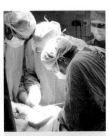

orange	**refrigerator**	**sponge**	**surgery**
[ˋɔrɪndʒ]	[rɪˋfrɪdʒə͵retɚ]	[spʌndʒ]	[ˋsɝdʒərɪ]
柳橙 名	冰箱 名	海綿 名	手術 名

4 d g e

bridge	**dodge**	**judge**	**knowledge**
[brɪdʒ]	[dɑdʒ]	[dʒʌdʒ]	[ˋnɑlɪdʒ]
橋 名	閃躲 動	審判 動	知識 名

Exercise 3

55

1. 請聽MP3並勾選出正確的音標

1 a ◯ [ʃɑp]　　b ◯ [tʃɑp]　　**6** a ◯ [dʒʌmp]　b ◯ [tʃʌmp]

2 a ◯ [dʒip]　　b ◯ [ʃip]　　**7** a ◯ [dʒɑg]　　b ◯ [ʃɑg]

3 a ◯ [ʃɛr]　　b ◯ [tʃɛr]　　**8** a ◯ [ʃaɪn]　　b ◯ [tʃaɪn]

4 a ◯ [ʃed]　　b ◯ [dʒed]　　**9** a ◯ [edʒ]　　b ◯ [eʒ]

5 a ◯ [dʒok]　　b ◯ [tʃok]　　**10** a ◯ [ɛdʒ]　　b ◯ [ɛʒ]

2. 請聽MP3並在空格中填入正確的音標

1 [ˋ＿＿uɪ＿＿]　　　　　**6** [ˋtrɛ＿＿ɚ]

2 [＿＿en＿＿]　　　　　**7** [strɛ＿＿]

3 [məˋrɑ＿＿]　　　　　**8** [ˋ＿＿ʌŋk＿＿ən]

4 [ˋvɝ＿＿ən]　　　　　**9** [ˋpe＿＿ənt]

5 [ˋ＿＿ɪn＿＿ɚ]　　　　**10** [ɪˋvɛn＿＿ʊəl]

3. 請在空格中填入正確的音標

1 tissue　　[ˋɪ＿＿ju]　　　　　**6** lounge　　[laʊn＿＿]

2 station　[ˋste＿＿ən]　　　　**7** generation [ˌ＿＿ɛnəˋre＿＿ən]

3 decision　[dɪˋsɪ＿＿ən]　　　**8** strange　[stren＿＿]

4 charge　[＿＿ɑr＿＿]　　　　**9** shortage　[ˋ＿＿ɔrtɪ＿＿]

5 creation　[krɪˋe＿＿ən]　　　**10** gesture　[ˋ＿＿ɛs＿＿ɚ]

4. 請圈選出與紅字底線部分相同音標的單字

❶ **sh**opping

| impa<u>ss</u>e | i<u>ss</u>ue |
| passive | acce<u>ss</u> |

❷ **garba<u>ge</u>**

| <u>g</u>lass | <u>g</u>raffiti |
| <u>g</u>olf | <u>g</u>iraffe |

❸ **discu<u>ss</u>ion**

| pre<u>c</u>ise | offi<u>c</u>ial |
| <u>sc</u>ience | medi<u>c</u>ine |

❹ **divi<u>si</u>on**

| expo<u>s</u>ure | en<u>s</u>ure |
| <u>s</u>urreal | in<u>s</u>urance |

❺ **<u>ch</u>ampion**

| <u>Ch</u>ristmas | <u>ch</u>ance |
| <u>ch</u>arisma | stoma<u>ch</u> |

❻ **<u>g</u>ender**

| <u>g</u>arden | <u>g</u>entle |
| <u>g</u>reat | <u>g</u>ame |

❼ **punc<u>t</u>uation**

| au<u>t</u>umn | s<u>t</u>udent |
| cos<u>t</u>ume | for<u>t</u>une |

❽ **cabba<u>ge</u>**

| <u>g</u>rand | bur<u>g</u>er |
| hun<u>g</u>ry | ran<u>g</u>e |

❾ **mu<u>sh</u>room**

| pen<u>c</u>il | na<u>ti</u>on |
| de<u>ci</u>sion | mi<u>ss</u>ile |

17 有聲子音

m 鼻音

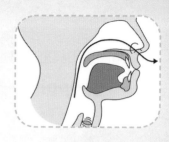

發音原理

雙唇閉合，由鼻腔發出聲音。

發音小訣竅

1. 母音前發音類似中文「ㄇ」的音；母音後發「m」的尾音（把「ɛ」拿掉）。

2. 可與 [ə] 組合成 [mɛ] 或 [əm̩]（[əm̩] 視為一個音節，與 [m̩] 相同唸法）。

3. 由 -ism 所組成的字尾，意指「……思想、……主義、……行為」。

57 1 m

 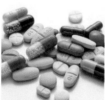  

mango	**medicine**	**money**	**milk**
[ˋmæŋgo]	[ˋmɛdəsn̩]	[ˋmʌnɪ]	[mɪlk]
芒果 名	藥品 名	錢 名	牛奶 名

2 m

alarm	**bathroom**	**broom**	**team**
[əˋlɑrm]	[ˋbæθˌrum]	[brum]	[tim]
鬧鐘；警報 名	浴室 名	掃把 名	隊；組 名

3  m

camera	**cosmetics**	**thermometer**	**tomato**
[ˋkæmərə]	[kɑzˋmɛtɪks]	[θɚˋmɑmətɚ]	[təˋmeto]
相機 名	化妝品 名	溫度計 名	番茄 名

4  mb （b不發音）

climb	**comb**	**lamb**	**thumb**
[klaɪm]	[kom]	[læm]	[θʌm]
攀爬 動	梳子 名	小羊 名	大拇指 名

5 ism

cubism	**feminism**	**racism**	**tourism**
[ˋkjubɪzm̩]	[ˋfɛmənɪzm̩]	[ˋresɪzm̩]	[ˋtʊrɪzm̩]
立體畫派 名	女性主義 名	種族主義 名	旅遊 名

18 有聲子音

n [鼻音]

發音原理

雙唇微開，舌尖抵住上牙齦，由鼻腔發出聲音。

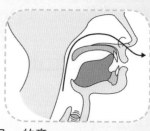

發音小訣竅

① 母音前發相當於中文「ㄋ」的音。

② 在非重音節字尾，可與弱化為 [ə] 的母音組合成 [n̩]（視為一個音節，唸 [ən]，近於中文「ㄣ」，長度較短）。

③ [n̩] 接在 [t] 或 [d] 之後時，在說話速度快的情況下，唸 [-tn̩] 或 [-dn̩] 只需將舌尖抵住上牙齦，由鼻腔發音。

_____

n

58 ①  n

name

[nem]

名字 名

neon

[ˋniˌɑn]

霓虹燈 名

nut

[nʌt]

核果 名

nose

[noz]

鼻子 名

② k n

knee

[ni]

膝蓋 名

knight

[naɪt]

騎士 名

knock

[nɑk]

敲 動

know

[no]

知道 動

Part 2

18

n

3 ▸ n

restaurant | **paint** | **Internet** | **snake**
[ˋrɛstərənt] | [pent] | [ˋɪntɚˌnɛt] | [snek]
餐廳 名 | 油漆 名 | 網路 名 | 蛇 名

4 ▸ n

cartoon | **corn** | **crown** | **thorn**
[karˋtun] | [kɔrn] | [kraʊn] | [θɔrn]
卡通 名 | 玉米 名 | 皇冠 名 | 刺 名

5 ▸ den · ten

garden | **hidden** | **kitten** | **kindergarten**
[ˋgardn̩] | [ˋhɪdn̩] | [ˋkɪtn̩] | [ˋkɪndɚˌgartn̩]
花園 名 | 隱藏的 形 | 小貓 名 | 幼稚園 名

119

19 有聲子音

ŋ 鼻音

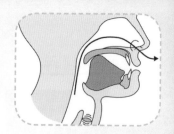

發音原理

發音時，雙唇微開，舌面後凸抵住軟顎，由鼻腔發出聲音。

發音小訣竅

發音相當於中文「ㄥ」。

ŋ

59 1 ▢▢ n g

building

[ˋbɪldɪŋ]

建築物 名

earring

[ˋɪr͵rɪŋ]

耳環 名

fishing

[ˋfɪʃɪŋ]

釣魚 名

hang

[hæŋ]

吊掛 動

sing

[sɪŋ]

唱歌 動

ring

[rɪŋ]

戒指 名

wedding

[ˋwɛdɪŋ]

婚禮 名

wing

[wɪŋ]

翅膀 名

❷ ■ng■

finger

[ˈfɪŋgɚ]

手指 名

hungry

[ˈhʌŋgrɪ]

飢餓的 形

length

[lɛŋθ]

長度 名

tongue

[tʌŋ]

舌頭 名

❸ ■nk

blank

[blæŋk]

空白的 形

drink

[drɪŋk]

喝 動

pink

[pɪŋk]

粉紅色的 形

punk

[pʌŋk]

龐克族 名

❹ ■nk■

ankle

[ˈæŋkl̩]

腳踝 名

bankrupt

[ˈbæŋkrʌpt]

破產的 形

donkey

[ˈdɑŋkɪ]

驢子 名

monkey

[ˈmʌŋkɪ]

猴子 名

20 無聲子音

h

發音原理

發音時嘴適度張開，聲帶不震動，由喉嚨呵氣。

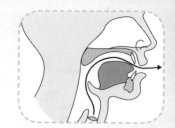

發音小訣竅

發音相當於中文注音符號「ㄏ」的音。

- - - h - - -

60 ➊ h ▬

hairy	hen	honey	hurt
[ˋhɛrɪ]	[hɛn]	[ˋhʌnɪ]	[hɝt]
毛茸茸的 形	母雞 名	蜂蜜 名	使受傷 動

➋ ▬ h ▬

household	keyhole	sweetheart	uphill
[ˋhaʊs͵hold]	[ˋki͵hol]	[ˋswit͵hɑrt]	[ˋʌpˋhɪl]
家庭 名	鑰匙孔 名	情人 名	上坡的 形

21 有聲子音 W

發音原理

舌面先快速後凸接近軟顎，嘴形成親吻狀（長母音 [u] 的發音部位和嘴形），接著舌面及嘴唇同時快速放鬆，聲帶震動，氣流滑出口腔發音。

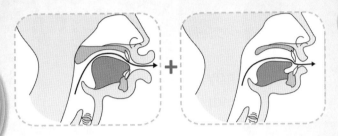

W

發音小訣竅

❶ 可與 [h] 組合成 [hw]，常見於以「wh-」為字首的字彙。發音時，舌面快速後凸接近軟顎，嘴形成親吻狀，接著舌面及嘴唇同時放鬆，發出類似於中文「ㄏㄨㄜ」的氣音，但較為短促。

❷ [hw] 也可以省去 [h]，只唸成 [w]。

wallet
['wɑlɪt]
皮夾 名

watermelon
['wɔtɚ,mɛlən]
西瓜 名

war
[wɔr]
戰爭 名

welcome
['wɛlkəm]
歡迎 動

windy

['wɪndɪ]

風大的 形

winter

['wɪntɚ]

冬天 名

worker

['wɝkɚ]

工人 名

worry

['wɝɪ]

擔心 動

2 W

swan

[swɑn]

天鵝 名

sweet

[swit]

甜的 形

between

[bɪ'twin]

在……中間 介

twenty

['twɛntɪ]

二十 名

3 gu

extinguisher

[ɪk'stɪŋgwɪʃɚ]

滅火器 名

language

['læŋgwɪdʒ]

語言 名

Guam

[gwɑm]

關島 名

guava

['gwɑvə]

芭樂 名

4 qu

quiet
[ˋkwaɪət]
安靜的 形

quantity
[ˋkwɑntətɪ]
數量 名

quarrel
[ˋkwɔrəl]
爭吵 動

quarter
[ˋkwɔrtɚ]
四分之一 名

question
[ˋkwɛstʃən]
問題 名

quick
[kwɪk]
快速的 形

quit
[kwɪt]
放棄 動

acquire
[əˋkwaɪr]
取得 動

5 wh

whip
[hwɪp]
鞭子 名

wheel
[hwil]
車輪 名

whisper
[ˋhwɪspɚ]
說悄悄話 動

white
[hwaɪt]
白色的 形

22 有聲子音 j

發音時，嘴形微開，舌面快速上凸貼近硬顎，接著快速放鬆，聲帶震動、氣流滑出口腔發音。

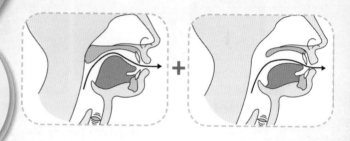

發音小訣竅

類似於中文「耶」的短促聲音。

 1 **y**

yacht	**yam**	**yawn**	**yell**
[jɑt]	[jæm]	[jɔn]	[jɛl]
遊艇 名	番薯 名	打哈欠 動	叫喊 動

yes	**you**	**young**	**yummy**
[jɛs]	[ju]	[jʌŋ]	[ˈjʌmɪ]
是地 副	你 代	年輕的 形	好吃的 形

2

companion	**senior**	**reunion**	**behavior**
[kəmˈpænjən]	[ˈsinjɚ]	[riˈjunjən]	[bɪˈhevjɚ]
同伴 名	較年長的 形	團聚 名	行為 名

3

canyon	**lawyer**	**beyond**	**backyard**
[ˈkænjən]	[ˈlɔjɚ]	[bɪˈjɑnd]	[ˈbækjɑrd]
峽谷 名	律師 名	更遠處地 副	後院 名

23 有聲子音

1

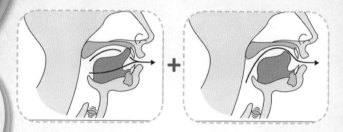

發音原理

發音時，舌尖部分輕觸上牙齦，震動聲帶，氣流會沿舌頭兩側向口腔外流去。

發音小訣竅

① 母音前發類似「ㄌ」的音。

② 在字尾時可與 [ə] 組合成 [əl] 或 [l̩]（視為一個音節，與 [əl] 相同唸法），只位於非重音節。發音時，先唸 [ə]，接著快速將舌尖部分輕觸上牙齦唸 [l̩]，輕輕發聲。

63 1

lantern
[ˈlæntɚn]
燈籠 名

lemon
[ˈlɛmən]
檸檬 名

listen
[ˈlɪsn̩]
聽 動

ladder
[ˈlædɚ]
梯子 名

2

balloon	**calculator**	**koala**	**mailbox**
[bəˋlun]	[ˋkælkjəˏletɚ]	[koˋɑlə]	[ˋmelˏbɑks]
氣球 名	計算機 名	無尾熊 名	信箱 名

3

cocktail	**heel**	**bell**	**shell**
[ˋkɑkˏtel]	[hil]	[bɛl]	[ʃɛl]
雞尾酒 名	腳跟 名	鐘、鈴鐺 名	貝殼 名

4

bottle	**pineapple**	**camel**	**medal**
[ˋbɑtḷ]	[ˋpaɪnˏæpḷ]	[ˋkæmḷ]	[ˋmɛdḷ]
瓶子 名	鳳梨 名	駱駝 名	獎牌 名

129

24 有聲子音 r

發音時，雙唇稍微向外突出，舌尖捲起，不碰觸上牙齦，震動聲帶。

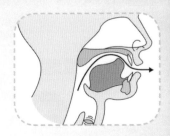

發音小訣竅

母音前發音和舌頭捲動的方式類似「ㄖ」，母音後發「ㄦ」。

  r

rabbit
['ræbɪt]
兔子 名

run
[rʌn]
奔跑 動

rail
[rel]
鐵軌 名

raincoat
['ren,kot]
雨衣 名

recycle
[ri'saɪkl̩]
資源回收 動

ride
[raɪd]
騎 動

radio
['redɪ,o]
收音機 名

robot
['robət]
機器人 名

2 r

aerobic	director	borrow	carrot
[eə`robɪk]	[də`rɛktɚ]	[`bɑro]	[`kærət]
有氧的 形	導演 名	借 動	紅蘿蔔 名

3 r

floor	deer	fear	chair
[flor]	[dɪr]	[fɪr]	[tʃɛr]
地板 名	鹿 名	恐懼 名	椅子 名

4 wr

wrap	wrinkle	write	wrong
[ræp]	[`rɪŋkḷ]	[raɪt]	[rɔŋ]
包；裹 動	皺紋 名	書寫 動	錯誤的 形

65 1. 請聽MP3並勾選出正確的音標

1 ⓐ ◯ [rʌn] ⓑ ◯ [rʌŋ]　　**6** ⓐ ◯ [θɪn] ⓑ ◯ [θɪŋ]

2 ⓐ ◯ [tæm] ⓑ ◯ [tæn]　　**7** ⓐ ◯ [mæm] ⓑ ◯ [mæn]

3 ⓐ ◯ [lɪp] ⓑ ◯ [rɪp]　　**8** ⓐ ◯ [ræn] ⓑ ◯ [ræŋ]

4 ⓐ ◯ [haʊ] ⓑ ◯ [waʊ]　　**9** ⓐ ◯ [hum] ⓑ ◯ [wum]

5 ⓐ ◯ [sʌn] ⓑ ◯ [sʌŋ]　　**10** ⓐ ◯ [sʌm] ⓑ ◯ [sʌn]

66 2. 請聽MP3並在空格中填入正確的音標

1 [＿＿ɚ＿＿o]　　　　**6** [＿＿ʌ＿＿]

2 [k＿＿ɪ＿＿]　　　　**7** [ˋ＿＿ɛs＿＿]

3 [＿＿ɚ＿＿æ＿＿tɪk]　　**8** [＿＿ʌ＿＿k]

4 [＿＿u＿＿]　　　　**9** [k＿＿i＿＿]

5 [ˋ＿＿ɪ＿＿ɪt]　　　　**10** [＿＿æ＿＿k]

3. 請在空格中填入正確的音標

1 hell　　[＿＿ɛ＿＿]　　　**6** people　[ˋpip＿＿]

2 noon　[＿＿u＿＿]　　　**7** whale　[h＿＿e＿＿]

3 home　[＿＿o＿＿]　　　**8** long　　[＿＿ɔ＿＿]

4 lane　[＿＿e＿＿]　　　**9** man　　[＿＿æ＿＿]

5 waterfall [ˋ＿＿ɔtɚˏfɔ＿＿]　**10** reason　[ˋ＿＿iz＿＿]

4. 請圈選出與紅字底線部分相同音標的單字

❶ disting<u>u</u>ish

arg<u>u</u>e	peng<u>u</u>in
vag<u>u</u>e	reg<u>u</u>lar

❷ ji<u>n</u>gle

challe<u>ng</u>e	excha<u>n</u>ge
bala<u>n</u>ce	a<u>n</u>gle

❸ mill<u>i</u>on

civil<u>i</u>an	cl<u>i</u>ng
politic<u>i</u>an	f<u>i</u>le

❹ commun<u>i</u>on

law<u>y</u>er	dr<u>y</u>er
pa<u>ti</u>ence	sta<u>ti</u>on

❺ li<u>n</u>k

fe<u>n</u>ce	a<u>n</u>gry
da<u>n</u>ce	ra<u>n</u>ge

❻ behav<u>i</u>or

un<u>i</u>on	favor<u>i</u>te
m<u>i</u>te	ser<u>i</u>ous

❼ tria<u>n</u>gle

arra<u>n</u>ge	ma<u>n</u>ger
ju<u>n</u>gle	ma<u>nn</u>er

❽ si<u>n</u>k

messe<u>n</u>ger	reve<u>n</u>ge
patro<u>n</u>	u<u>n</u>cle

❾ <u>w</u>ater

ling<u>u</u>istics	fig<u>u</u>re
<u>w</u>retch	<u>w</u>rong

字母拼讀法與音標對照表
26 種常見的拼音規則

附錄

字母拼讀法與音標對照表

字母	代表音標	例 字					
A a	[æ]	**apple**	[ˈæpl̩]	名 蘋果	**cast**	[kæst]	動 投；擲
B b	[b]	**boy**	[bɔɪ]	名 男孩	**rub**	[rʌb]	動 摩擦
C c	[k]	**cat**	[kæt]	名 貓	**picnic**	[ˈpɪknɪk]	名 野餐；郊遊
D d	[d]	**dog**	[dɔg]	名 狗	**ride**	[raɪd]	動 乘（車等）
E e	[ɛ]	**egg**	[ɛg]	名 蛋	**nest**	[nɛst]	名 巢
F f	[f]	**farm**	[fɑrm]	名 農場	**leaf**	[lif]	名 葉
G g	[g]	**go**	[go]	動 去	**dig**	[dɪg]	動 挖（洞；溝）
H h	[h]	**hit**	[hɪt]	動 打；打擊	**have**	[hæv]	動 有
I i	[ɪ]	**insect**	[ˈɪnsɛkt]	名 昆蟲	**inch**	[ɪntʃ]	名 英吋
J j	[dʒ]	**jar**	[dʒɑr]	名 罐	**jet**	[dʒɛt]	名 噴射機
K k	[k]	**key**	[ki]	名 鑰匙	**hook**	[hʊk]	名 鉤；掛鉤
L l	[l]	**light**	[laɪt]	名 光	**belt**	[bɛlt]	名 腰帶；帶
M m	[m]	**mouth**	[maʊθ]	名 嘴巴	**form**	[fɔrm]	名 表格
N n	[n]	**nose**	[noz]	名 鼻子	**ten**	[tɛn]	名 十
O o	[ɑ]	**ox**	[ɑks]	名 牛	**odd**	[ɑd]	形 奇怪的

P p	[p]	**pick**	[pɪk]	動 挑選	**cup**	[kʌp]	名 杯子
Q q	[kw]	**quite**	[kwaɪt]	副 相當	**quiet**	[ˋkwaɪət]	形 安靜的
R r	[r]	**robot**	[ˋrobət]	名 機器人	**car**	[kɑr]	名 汽車
S s	[s]	**soap**	[sop]	名 肥皂	**pass**	[pæs]	動 通過；經過
T t	[t]	**tape**	[tep]	名 錄音帶／錄影帶	**start**	[stɑrt]	動 開始
U u	[ʌ]	**ugly**	[ˋʌglɪ]	形 醜的	**uncle**	[ˋʌŋkl̩]	名 伯；叔；舅
V v	[v]	**vase**	[ves]	名 花瓶	**give**	[gɪv]	動 給
W w	[w]	**watch**	[wɑtʃ]	名 手錶	**wood**	[wʊd]	名 木頭
X x	[ks]	**fax**	[fæks]	名 傳真機	**box**	[bɑks]	名 盒子
Y y	[j]	**yo-yo**	[ˋjoˏjo]	名 溜溜球	**yellow**	[ˋjɛlo]	名 黃色
Z z	[z]	**zipper**	[ˋzɪpɚ]	名 拉鍊	**quiz**	[kwɪz]	名 測驗；小考

26種常見的拼音規則

① 重音節最後一個字母是 a、e、i、o、u

多音節字彙的重音節字尾是 **a、e、i、o、u** 時，常唸字母本身的發音 [e]、[i]、[aɪ]、[o]、[ju]（或 [u]）。

1	_ a _	→	baby	[ˋbebɪ]	名	嬰兒
2	_ e _	→	fever	[ˋfivɚ]	名	發燒
3	_ i _	→	title	[ˋtaɪtḷ]	名	標題
4	_ o _	→	focus	[ˋfokəs]	名	焦點
5	_ u _	→	human	[ˋhjumən]	名	人類
6	_ u _	→	rumor	[ˋrumɚ]	名	謠言；傳言

② 非重音節母音通常唸 [ə]

- e·le·phant [ˋɛləfənt] 名 大象
- te·le·vi·sion [ˋtɛlə͵vɪʒən] 名 電視
- king·dom [ˋkɪŋdəm] 名 王國

③ 字尾 -s、-es

-s / -es：第三人稱單數動詞現在式或名詞複數

| 1 | 字尾是無聲子音時（除了[s]、[ʃ]、[tʃ]），後接「**-s**」，發[s]。 | · jumps [dʒʌmps] 動 跳躍 |
| | | · bats [bæts] 名 球棒 |

2 字尾是有聲子音（除了[z]、[ʒ]、[dʒ]）或母音時，後接「-s」，發 [z]。

- runs　　[rʌnz]　動 跑
- bees　　[biz]　名 蜜蜂

3 字尾發 [s]、[z]、[ʃ]、[ʒ]、[tʃ]、[dʒ] 時，後接「-es」，發 [ɪz]。

- watches [ˋwɑtʃɪz] 動 觀看
- dresses [ˋdrɛsɪz] 動 使穿著

4 字尾是 -ts、-ds 時，音標為 [ts]、[dz]，但通常 [s] 和 [z] 發音較重，[t] 和 [d] 發音較輕。

- crafts　[kræfts]　動 工藝
- needs　[nidz]　動 需要

4 字尾 -d、-ed

-d / -ed：規則動詞過去式及過去分詞

1 現在式的字尾是無聲子音（除了 [t]）時，後接的「-d / -ed」發 [t]。

- touched [tʌtʃt]　動 接觸
- liked　[laɪkt]　動 喜歡

2 現在式的字尾是有聲子音（除了 [d]）或母音時，後接的「-d / -ed」發 [d]。

- played　[pled]　動 玩耍
- cleaned [klind]　動 清除
- judged　[dʒʌdʒd]　動 判決

3 現在式的字尾是 [t] 或 [d] 時，後接的「-d / -ed」發 [ɪd]。

- waited　[ˋwetɪd]　動 等待
- hated　[ˋhetɪd]　動 憎恨
- needed　[ˋnidɪd]　動 需要

5 字尾 -ing

-ing：動詞進行式、形容詞字尾或名詞的一部分，唸 [ɪŋ]

- ringing 　　[`rɪŋɪŋ] 　　動（鐘、鈴等）響
- singing 　　[`sɪŋɪŋ] 　　動 唱歌
- amazing 　[ə`mezɪŋ] 　形 驚人的
- wing 　　　[wɪŋ] 　　　名 翅膀

6 相鄰子音有時連著唸

1	bl __	→ black	[blæk]	形 黑色的
2	fl __	→ flea	[fli]	名 跳蚤
3	cr __	→ crab	[kræb]	名 螃蟹
4	fr __	→ frog	[frɑg]	名 青蛙
5	qu __	→ queen	[kwin]	名 女王
6	spr __	→ spring	[sprɪŋ]	名 春天
7	dr __	→ 音標為 [dr]，但發音較接近 [dʒr]，dream [drim] 名 夢
8	tr __	→ 音標為 [tr]，但發音較接近 [tʃr]，tree [tri] 名 樹

7 重複的子音

1	__ mm __	→ ham·mer	[`hæmɚ]	名 鐵鎚
2	__ nn	→ inn	[ɪn]	名 小旅館
3	__ tt __	→ bat·tle	[`bætl̩]	名 戰鬥
4	__ ff	→ cliff	[klɪf]	名 懸崖

8 -mb、kn-、wr-、gh-、gu- 其中一個子音不發音

1 | b 不發音 | __ mb → climb [klaɪm] 動 爬
2 | k 不發音 | kn __ → knee [ni] 名 膝蓋
3 | w 不發音 | wr __ → wreath [riθ] 名 花圈
4 | h 不發音 | gh __ → ghost [gost] 名 鬼
5 | u 接在 g 後發 [w] 或不發音 | gu __ → guitar [gɪˋtɑr] 名 吉他

9 字尾 -gh 有時不發音

- caught [kɔt] 動 （過去式和過去分詞）抓住
- thought [θɔt] 動 （過去式和過去分詞）想
- sleigh [sle] 名 （輕便）雪橇
- through [θru] 介 穿過

10 同一音節的 sp-、st-、sk-

1 | sp 的音標為 [sp] 但 p 的音唸「ㄅ」。 | · spy [spaɪ] 名 間諜
| | · outspeed [autˋspid] 動 速度超過

2 | st 的音標為 [st] 但 t 的音唸「ㄉ」。 | · stop [stɑp] 動 停止
| | · bookstore [ˋbukˌstor] 名 書店

3 | sk / sc 的音標為 [sk] 但 k / c 的音唸「ㄍ」。 | · sky [skaɪ] 名 天空
| | · telescope [ˋtɛləˌskop] 名 望遠鏡

11 相同的拼字可能發音不同

1 -ere：通常唸 [ɪr] 或 [ɛr]

[ɪr]
- here [hɪr] 副 這裡
- mere [mɪr] 形 僅僅的

[ɛr]
- there [ðɛr] 副 那裡
- where [hwɛr] 副 在哪裡

2 ear、-ear：通常唸 [ɪr] 或 [ɛr]

[ɪr]
- ear [ɪr] 名 耳朵
- near [nɪr] 形 近的

[ɛr]
- wear [wɛr] 動 穿著；戴著
- tear [tɛr] 動 撕裂；扯破

3 ow-、-ow：通常唸 [o] 或 [aʊ]

[o]
- glow [glo] 動 發光；發熱
- bow [bo] 名 弓

[aʊ]
- bow [baʊ] 動 鞠躬
- owl [aʊl] 名 貓頭鷹

4 -oo-：通常唸 [ʊ] 或 [u]

[ʊ]
- foot [fʊt] 名 （單數）腳
- good [gʊd] 形 好的

[u]
- pool [pul] 名 游泳池
- shoot [ʃut] 動 發射；開（槍）

12 字尾 -eer

-eer：通常唸 [ɪr]

[ɪr]
- beer [bɪr] 名 啤酒
- deer [dɪr] 名 鹿
- cheer [tʃɪr] 動 歡呼

13 字尾 -air、-are

-air、-are：通常唸 [ɛr]

air
- air [ɛr] 名 空氣
- hair [hɛr] 名 頭髮

are
- bare [bɛr] 形 裸的；光禿禿的
- share [ʃɛr] 動 分享

14 單母音字母 + r

1 位於非重音節字尾，通常唸 [ɚ]

[ɚ]
- po·pu·lar [`pɑpjələ] 形 受歡迎的
- far·mer [`fɑrmɚ] 名 農夫
- na·dir [`nedɚ] 名 最低點
- ac·tor [`æktɚ] 名 演員
- mur·mur [`mɝmɚ] 動 私語；低聲說話

2 er、ir、ur：位於重／單音節，通常唸 [ɝ]

er
- verse [vɝs] 名 詩(句)；韻文
- mer·chant [`mɝtʃənt] 名 商人

ir
- girl [gɝl] 名 少女
- cir·cle [`sɝkl̩] 名 圓圈

ur
- ur·ban [`ɝbən] 形 城市的
- fur [fɝ] 名 毛皮；皮草

3 ar：位於重／單音節常唸 [ɑr]

[ɑr]
- dark [dɑrk] 形 黑暗的
- car·ter [`kɑrtɚ] 名 卡車司機

4 or：位於單音節常唸 [ɔr]

[ɔr] | · fork [fɔrk] 名 叉子 | · mor·ning [ˋmɔrnɪŋ] 名 早晨

5 war - 不唸 [wɑr]，唸 [wɔr]

[wɔr] | · war [wɔr] 名 戰爭 | · warm [wɔrm] 形 溫暖的

6 wor - 不唸 [wɔr]，唸 [wɝ]

[wɝ] | · world [wɝld] 名 世界 | · worm [wɝm] 名 蟲

15 c 後面接 i、e、y

c 後接 i、e、y 時，唸成 [s]

| 1 | c i __ | city | [ˋsɪtɪ] | 名 城市 |

| 2 | c e __ | cent | [sɛnt] | 名（美加等國）一分錢 |
| | __ c e | once | [wʌns] | 副 一次；一回 |

| 3 | c y __ | cycle | [ˋsaɪkl̩] | 名 週期 |
| | __ c y | agency | [ˋedʒənsɪ] | 名 代辦處；經銷處 |

16 g 後面接 i、e、y

g 後接 y 時，唸成 [dʒ]，有時後接 i、e 也唸成 [dʒ]

1	g i __	ginger	[ˋdʒɪndʒɚ]	名 薑

2	g e __	gel	[dʒɛl]	名 凝膠
	__ g e	age	[edʒ]	名 年齡

3	g y __	gym	[dʒɪm]	名 體育館；健身房
	__ g y	energy	[ˋɛnɚdʒɪ]	名 活力

17 字尾 -dge

-dge：通常位於字尾，後接 e，唸 [dʒ]

- dge [dʒ]	· judge	[dʒʌdʒ]	動 審判；判定
	· bridge	[brɪdʒ]	名 橋
	· cartridge	[ˋkɑrtrɪdʒ]	名 墨水匣；筆芯

18 字尾 -tion

-tion：通常位於字尾，唸 [ʃən]

- tion [ʃən]	· lotion	[ˋloʃən]	名 乳液
	· nation	[ˋneʃən]	名 國家；民族
	· motion	[ˋmoʃən]	名 動態

19 字尾 -sion、-ssion

-sion、-ssion：通常位於字尾，唸 [ʃən] 或 [ʒən]

-sion

[ʃən]	· mansion	[ˈmænʃən]	名 大宅
	· tension	[ˈtɛnʃən]	名 緊張氣氛
[ʒən]	· fusion	[ˈfjuʒən]	名 熔化

-ssion

[ʃən]	· session	[sɛʃən]	名 開庭
	· mission	[ˈmɪʃən]	名 使命；任務
[ʒən]	· abscission	[æbˈsɪʒən]	名 切斷

20 字尾 -cial、-tial

-cial、-tial：通常位於字尾，唸 [ʃəl]

- cial	· facial	[ˈfeʃəl]	形 臉的
	· special	[ˈspɛʃəl]	形 特別的
- tial	· martial	[ˈmɑrʃəl]	形 戰爭的
	· partial	[ˈpɑrʃəl]	形 部分的

21 字尾 -us、-ous

-us、-ous：通常位於字尾，唸 [əs]

| -us | · minus | [ˈmaɪnəs] | 名 負數 |
| | · genius | [ˈdʒinjəs] | 名 天才 |

| -ous | · famous | [ˈfeməs] | 形 出名的 |
| | · nervous | [ˈnɝvəs] | 形 緊張不安的 |

22 字尾 -cious、-scious

-cious、-scious：通常位於字尾，唸 [ʃəs]

| -cious | · delicious | [dɪˈlɪʃəs] | 形 美味的 |
| | · gracious | [ˈgreʃəs] | 形 優雅的 |

| -scious | · conscious | [ˈkɑnʃəs] | 形 有知覺的 |
| | · unconscious | [ʌnˈkɑnʃəs] | 形 失去知覺的 |

23 字尾 -ture

-ture：在非重音節時，通常唸 [tʃɚ]

-ture [tʃɚ]	· na·ture	[ˈnetʃɚ]	名 自然
	· fu·ture	[ˈfjutʃɚ]	名 未來
	· lec·ture	[ˈlɛktʃɚ]	名 教課；演講

24 字尾 -sure、-ssure

-sure、-ssure：在非重音節時，通常唸 [ʃɚ] 或 [ʒɚ]

-sure [ʃɚ]	· cen·sure	[ˋsɛnʃɚ]	動 （正式用法）責備

-sure [ʒɚ]	· mea·sure	[ˋmɛʒɚ]	動 測量
	· lei·sure	[ˋliʒɚ]	名 閒暇

-ssure [ʃɚ]	· pres·sure	[ˋprɛʃɚ]	名 壓力
	· fis·sure	[ˋfɪʃɚ]	名 （尤指岩石上的）裂縫

25 x

x 通常位於字尾，唸 [ks]

[ks]	· fox	[fɑks]	名 狐狸
	· sex	[sɛks]	名 性別
	· wax	[wæks]	名 蠟

26 y

1 y 位於字首，通常唸 [j]。

[j]
- yes   [jɛs]   副 是的
- yarn   [jɑrn]   名 紗線

2 y 位於單音節字尾，通常唸 [aɪ]。

[aɪ]
- fry   [fraɪ]   動 油煎
- my   [maɪ]   代 我的

3 y 位於多音節字尾，通常唸 [ɪ]。

[ɪ]
- can·dy   [ˋkændɪ]   名 糖果
- la·dy   [ˋledɪ]   名 女士

解答

Answer Key

PART 1

▶ **Exercise 1**

1
① a (mate) ② b (pet) ③ a (bet) ④ a (sat) ⑤ b (gate)
⑥ a (rap) ⑦ b (hate) ⑧ b (tap) ⑨ b (mad) ⑩ b (fed)

2
① e (wait) ② æ (tab) ③ æ (add) ④ ɛ (settle) ⑤ æ (crap)
⑥ æ (math) ⑦ ɛ (else) ⑧ e (grey) ⑨ e (gain) ⑩ ɛ (guess)

3
① e ② ɛ ③ e ④ e ⑤ e ⑥ æ ⑦ æ ⑧ ɛ ⑨ æ ⑩ e

4
① may ② map ③ great ④ west ⑤ flag
⑥ at ⑦ meant ⑧ vast ⑨ pay

▶ **Exercise 2**

1
① a (it) ② a (pick) ③ b (meat) ④ a (sit) ⑤ b (sheep)
⑥ b (peak) ⑦ b (bead) ⑧ a (did) ⑨ b (wheat) ⑩ a (rid)

2
① i (niece) ② i (sheep) ③ i (see) ④ i (eve) ⑤ ɪ (it)
⑥ ɪ (sick) ⑦ i, ɪ (easy) ⑧ i (sleep) ⑨ ɪ (tip) ⑩ i (seek)

3
① ɪ ② ɪ ③ i ④ i ⑤ i ⑥ i ⑦ i ⑧ i ⑨ ɪ, ɪ ⑩ ɪ

4
① meter ② deal ③ happy ④ eleven ⑤ please
⑥ baggy ⑦ dear ⑧ equal ⑨ mean

▶ **Exercise 3**

(1) ① a (cop)   ② b (hut)   ③ a (top)   ④ a (hob)   ⑤ b (sub)

    ⑥ b (rub)   ⑦ b (nut)   ⑧ a (pock)   ⑨ a (lock)   ⑩ b (gut)

(2) ① ə (the)   ② ʌ (cup)   ③ ə (ago)   ④ ə (towel)   ⑤ ə (even)

    ⑥ ʌ (mum)   ⑦ ʌ (funny)   ⑧ ə (alone)   ⑨ ə, ɑ, ə (apartment)   ⑩ ə (heaven)

(3) ① ʌ   ② ə   ③ ə, ə   ④ ə   ⑤ ə   ⑥ ʌ   ⑦ ɑ   ⑧ ʌ   ⑨ ə   ⑩ ə

(4) ① harp   ② jewelry   ③ mark   ④ circus   ⑤ scar

    ⑥ surgery   ⑦ under   ⑧ enough   ⑨ upon

▶ **Exercise 4**

(1) ① b (low)   ② a (craw)   ③ a (raw)   ④ b (poe)   ⑤ b (note)

    ⑥ a (saw)   ⑦ b (boat)   ⑧ a (law)   ⑨ b (coat)   ⑩ b (bold)

(2) ① ɔ (awful)   ② ɔ (stalk)   ③ O (polar)   ④ O (elbow)   ⑤ O (aboard)

    ⑥ ɔ (launch)   ⑦ O (donate)   ⑧ ɔ (cause)   ⑨ O (stroll)   ⑩ ɔ (draw)

(3) ① ɔ   ② O   ③ O   ④ ɔ   ⑤ O   ⑥ ɔ   ⑦ ɔ   ⑧ ɔ   ⑨ O   ⑩ ɔ

(4) ① author   ② narrow   ③ motion   ④ saw   ⑤ claw

    ⑥ motor   ⑦ ought   ⑧ mall   ⑨ flow

▶ Exercise 5

(1)
❶ a (lunar)　❷ a (crew)　❸ b (who)　❹ b (rule)　❺ a (rook)
❻ a (moo)　❼ a (hooray)　❽ b (noose)　❾ b (sue)　❿ b (moot)

(2)
❶ u (screw)　❷ u (root)　❸ u (roof)　❹ ʊ (hood)　❺ u (cool)
❻ ʊ (bookcase)　❼ u (true)　❽ u (Luna)　❾ u (mousse)　❿ u (chew)

(3)
❶ u　❷ u　❸ u　❹ ʊ　❺ u　❻ u　❼ ʊ　❽ u　❾ ʊ　❿ u

(4)
❶ pool　❷ sure　❸ lure　❹ loose　❺ nook
❻ childhood　❼ put　❽ cooker　❾ goods

▶ Exercise 6

(1)
❶ b (purr)　❷ b (paper)　❸ a (ever)　❹ b (author)　❺ a (were)
❻ a (seller)　❼ a (term)　❽ b (turkey)　❾ b (meter)　❿ b (Berlin)

(2)
❶ ɝ (reverse)　❷ ɚ (creature)　❸ ɚ (neighbor)　❹ ɝ (third)　❺ ɝ (germ)
❻ ɚ (lecture)　❼ ɝ (girdle)　❽ ɝ (concur)　❾ ɚ (conquer)　❿ ɚ (acupuncture)

(3)
❶ ɝ　❷ ɚ　❸ ɚ　❹ ɚ　❺ ɝ　❻ ɚ　❼ ɚ, ɚ　❽ ɝ　❾ ɚ　❿ ɝ

(4)
❶ after　❷ worse　❸ ginger　❹ murmur　❺ dirt
❻ murder　❼ answer　❽ beggar　❾ honor

(1) ❶ b (bow)   ❷ a (time)   ❸ b (roy)   ❹ a (ride)   ❺ b (foil)

❻ b (height)   ❼ a (night)   ❽ a (plow)   ❾ a (white)   ❿ a (doubt)

(2) ❶ ɔɪ (annoy)   ❷ aɪ (bribe)   ❸ ɔɪ (employ)   ❹ aʊ (shout)   ❺ aɪ (might)

❻ ɔɪ (royal)   ❼ aʊ (chow)   ❽ ɔɪ (spoil)   ❾ aɪ (behind)   ❿ aʊ (vowel)

(3) ❶ aɪ   ❷ aʊ   ❸ aʊ, aɪ   ❹ ɔɪ   ❺ aɪ   ❻ aʊ   ❼ aɪ   ❽ aʊ   ❾ aɪ   ❿ aɪ

(4) ❶ microwave   ❷ exploit   ❸ like   ❹ buy   ❺ how

❻ hoy   ❼ now   ❽ avoid   ❾ science

PART 2

▶ Exercise 1

1
① b (beep)　② b (dead)　③ a (wife)　④ b (gage)　⑤ a (sap)

⑥ a (mat)　⑦ a (few)　⑧ a (back)　⑨ a (fives)　⑩ b (bug)

2
① p, d
(spread)

② d, p, t, t
(department)

③ g, t
(guest)

④ t, p, d
(stupid)

⑤ v, k
(vacation)

⑥ p, t
(planet)

⑦ f, t
(phantom)

⑧ b, k, p
(backup)

⑨ b, k
(bakery)

⑩ k, t, v, t
(activity)

3
① k　② f　③ k　④ g　⑤ k, f　⑥ f, t, k　⑦ k, p　⑧ k ,k
⑨ b, t ⑩ f, p

4
① half　② enough　③ Afghan　④ cause　⑤ rough

⑥ cart　⑦ fake　⑧ together　⑨ clinic

▶ Exercise 2

1
① a (thigh)　② b (fuzz)　③ a (teeth)　④ b (zag)　⑤ a (sone)

⑥ a (breath)　⑦ a (seal)　⑧ b (bathe)　⑨ a (sue)　⑩ b (buzz)

2
① θ (third)　② ð (weather)　③ s, θ, z
(sympathize)

④ θ, s, s
(thesis)

⑤ ð, s, z
(themselves)

⑥ z
(Taiwanese)

⑦ z
(quiz)

⑧ s
(address)

⑨ θ, z, z
(thousands)

⑩ s
(odds)

3
① s　② z　③ s　④ s, z　⑤ ð, s　⑥ s, z　⑦ s, s, z
⑧ z　⑨ θ　⑩ ð

4
① the　② lose　③ please　④ faith　⑤ thief

⑥ case　⑦ bathroom　⑧ erase　⑨ theme

1
① b (chop) ② a (jeep) ③ b (chair) ④ a (shade) ⑤ a (joke)

⑥ b (chump) ⑦ a (jog) ⑧ a (shine) ⑨ a (age) ⑩ a (edge)

2
① dʒ, ʃ (Jewish) ② tʃ, dʒ (change) ③ ʒ (mirage) ④ ʒ (version) ⑤ dʒ, dʒ (ginger)

⑥ ʒ (treasure) ⑦ tʃ (stretch) ⑧ dʒ, ʃ (junction) ⑨ ʃ (patient) ⑩ tʃ (eventual)

3
① ʃ ② ʃ ③ ʒ ④ tʃ, dʒ ⑤ ʃ ⑥ dʒ ⑦ dʒ, ʃ ⑧ dʒ

⑨ ʃ, dʒ ⑩ dʒ, tʃ

4
① issue ② giraffe ③ official ④ exposure ⑤ chance

⑥ gentle ⑦ fortune ⑧ range ⑨ nation

► **Exercise 4**

1
① b (rung) ② b (tan) ③ a (lip) ④ a (how) ⑤ b (sung)

⑥ b (thing) ⑦ a (mam) ⑧ a (ran) ⑨ a (whom) ⑩ b (son)

2
① h, l (hello) ② w, r (queer) ③ r, m, n (romantic) ④ m, n (moon) ⑤ l, m (limit)

⑥ n, m (numb) ⑦ l, n̩ (lesson) ⑧ m, ŋ (monk) ⑨ w, n (queen) ⑩ r, ŋ (rank)

3
① h, l ② n, n ③ h, m ④ l, n ⑤ w, l ⑥ l̩ ⑦ w, l

⑧ l, ŋ ⑨ m, n ⑩ r, n̩

4
① penguin ② angle ③ civilian ④ lawyer ⑤ angry

⑥ union ⑦ jungle ⑧ uncle ⑨ linguistics

國家圖書館出版品預行編目資料

彩圖 KK 音標一學就會／Ying Ying Lee, Cosmos Workshop
作 . -- 二版 . -- [臺北市] : 寂天文化 , 2019.09 印刷
　　面 ；　　公分 . --

ISBN 978-986-318-283-2 (20K 平裝附光碟片)
ISBN 978-986-318-404-1 (32K 平裝附光碟片)
ISBN 978-986-318-612-0 (25K 精裝附光碟片)
ISBN 978-986-318-726-4 (25K 平裝附光碟片)
ISBN 978-986-318-841-4 (32K 精裝附光碟片)

1. 英語　　2. 音標

805.141　　　　　　　　　　　　　108014307

彩圖KK音標 一學就會

熱銷二版

作　　者	Ying Ying Lee / Cosmos Workshop
編　　輯	Gina Wang
校　　對	歐寶妮
內頁排版	郭瀞暄 / 陳瀅竹 (Part II)
封面設計	郭瀞暄
製程管理	洪巧玲
出 版 者	寂天文化事業股份有限公司
電　　話	+886-(0)2-2365-9739
傳　　真	+886-(0)2-2365-9835
網　　址	www.icosmos.com.tw
讀者服務	onlineservice@icosmos.com.tw
出版日期	2019 年 9 月 二版再刷 200204

郵撥帳號　1998620-0　寂天文化事業股份有限公司
· 劃撥金額 600（含）元以上者，郵資免費。
· 訂購金額 600 元以下者，加收 65 元運費。
【若有破損，請寄回更換，謝謝。】